Heibonsha Library

菊燈台

ホラー・ドラコニア 少女小説集成

澁澤龍彦著

平凡社

本書は、二〇〇三年十一月、平凡社より刊行された。

ホラー・ドラコニア

少女小説集成

Horror Dragonia

菊燈台

澁澤龍彦＝著　山口晃＝絵

平凡社

「菊燈台」は1985年「新潮」12月号に発表され、
翌1986年6月に福武書店より刊行した単行本
『うつろ舟』(河出文庫)に収録された。
挿絵(協力ミズマアートギャラリー)は本書のための描き下ろしである。
*
「少女コレクション序説」は、1972年「芸術生活」4月号に発表、
1985年3月『少女コレクション序説』(中公文庫)に収められた。

c o n t e n t s

【目次】

【表紙絵・挿絵】
山口 晃

菊《きく》燈《とう》台《だい》

腰《こし》蓑《みの》をつけて、半裸《はんら》になった男《おとこ》が数十人《すうじゅうにん》、それぞれ肩《かた》に天《てん》びん棒《ぼう》をあて、その両端《りょうたん》に重《おも》そうな塩汲《しおく》み桶《おけ》をぶらさげて、波打《なみう》ちぎわから砂丘《さきゅう》の上《うえ》の塩屋《しおや》までのあいだを行《い》きつもどりつしつつ、ひねもす海《うみ》の水《みず》をかつぎあげる苦役《くえき》に服《ふく》している。ここは瀬戸内《せとうち》の海《うみ》にのぞんだ、古《ふる》くから塩《しお》の産地《さんち》として知《し》られる広大《こうだい》な荘園《しょうえん》であったが、元弘《げんこう》このかた、打《う》ちつづく戦乱《せんらん》のあおりを食《く》って地頭《じとう》も領家雑掌《りょうけざつしょう》もめっきり影《かげ》がうすくなるや、その機《き》に乗《じょう》じて力《ちから》をのばした百地《ももち》の長者《ちょうじゃ》と呼《よ》ばれる当地《とうち》はえぬきの悪党《あくとう》、いまでは年貢《ねんぐ》の取立《とりた》てまで荘園《しょうえん》の管理《かんり》を請負《うけお》って、富《とみ》をたくわえ、武具《ぶぐ》をそなえ、下人所従《げにんしょじゅう》を多《おお》く擁《よう》して、あたるべからざる勢《いきお》いであった。年貢《ねんぐ》といっても、ここでは納《おさ》めるものはもっぱら塩《しお》である。塩《しお》がすべての財源《ざいげん》であったから、この長者《ちょうじゃ》、みずからも使《つか》えるだけの下人《げにん》を使《つか》って海《うみ》の水《みず》を汲《く》み、これを煮《に》て塩《しお》を製《せい》することにはなはだ執心《しゅうしん》を示《しめ》した。毎日《まいにち》のように、柄鞘《えさや》はげたる朱塗《しゅぬ》りの大刀《だいとう》を腰《こし》にぶちこんで、はだしに黒皮《くろがわ》の脚絆《きゃはん》をはくと、酒気《しゅき》をおびた口《くち》でへたな今様《いまよう》をうなりながら、長者《ちょうじゃ》は浜《はま》へ見《み》まわりにきて、塩汲《しおく》みの仕事《しごと》をおこたる下人《げにん》どもをだれかれの容赦《ようしゃ》なく、右手《みぎて》ににぎった赤樫《あかがし》の杖《つえ》でしたたか打《う》ちのめした。

菊燈台
山墨痴風諦堂畫
腰蓑をつけて半
裸になった男が
数十人それぞれ
肩に天びん棒
をあて その

すごき山伏《やまぶし》の好《この》むものは
味気《あじき》な凍《い》てたる山《やま》の芋《いも》……

だみ声《ごえ》でうなる今様《いまよう》の節《ふし》が風《かぜ》にのって聞《きこ》えてくると、男《おとこ》どもはたがいに目顔《めがお》で合図《あいず》して、それまで腰《こし》をおろして油《あぶら》を売《う》っていた磯馴《いそな》れ松《まつ》の根《ね》かたから、あわてて立《た》ちあがって、ふたたび塩汲《しおく》み桶《おけ》を肩《かた》にかつぐのだった。

塩汲《しおしおく》み桶《おけ》をかつぐ男《おとこ》どもはみな、潮焼《しおや》けした肌《はだ》をくろぐろと光《ひか》らせ、かっと照《て》りつける陽《ひ》に玉《たま》なす汗《あせ》をしたたらせていたが、中《なか》にひとり、どう見《み》てもまだこの仕事《しごと》になじんでいるとは思《おも》われぬほどに、なまっちろく痩《や》せたからだの目《め》だつ若《わか》ものがあった。年《とし》は十八《じゅうはち》に満《み》たぬだろう、天《てん》びん棒《ぼう》の下《した》で重《おも》みに堪《た》えかねて、左右《さゆう》の足《あし》がもつれるたびに、ゆれる桶《おけ》から半分以上《はんぶんいじょう》も砂《すな》の上《うえ》に水《みず》をこぼしてしまう。さすがに仲間《なかま》が見《み》るに見《み》かねて声《こえ》をかけるが、いくら口《くち》で教《おし》えても要領《ようりょう》をおぼえぬ不器《ぶき》用《よう》は、その非力《ひりき》と同《おな》じく、生《うま》れついてのものとしか思《おも》えなかった。この若《わか》もの、その顔《かお》はと見《み》れば、なんとしたことか面《めん》をかぶっていて、顔《かお》かたちが一向《いっこう》に知《し》れない。面《めん》は今日《こんにち》のひょっとこのそれに似《に》た、うそふきの面《めん》である。大《おお》ぜいの男《おとこ》どもの行《い》ったり来《き》たりする中《なか》で、ひとりだけ面《めん》をかぶってよろよろしている若《わか》ものの風体《ふうてい》は異様《いよう》ですらあった。

百地《ももち》の長者《ちょうじゃ》が新入《しんい》りの下人《げにん》に面《めん》をかぶせることを思《おも》いついたのは、噂《うわさ》によれば、さる年《とし》の八月十五日《はちがつじゅうごにち》、この地《ち》の八幡宮《はちまんぐう》で行《おこな》われる放生会《ほうじょうえ》のみぎり、行道《ぎょうどう》する十人《じゅうにん》の神人《じにん》たちがそれぞれ陵王《りょうおう》、小飛出《ことびで》、釣《つ》りまな

百地乃長者
藪燈台

こ、大《おお》べしみ、しかみ、福禄寿《ふくろくじゅ》、末社《まつしゃ》、うそふき、おふく、天女《てんにょ》など の面《めん》をつけているのを見《み》たときからだったという。なかでも長者《ちょうじゃ》の気《き》に入《い》ったのは、とぼけた滑稽《こっけい》なつらつきを見《み》せたうそふきの面《めん》で、これを新入《しんい》りの下人《げにん》の顔《かお》にかぶせてやろうと思《おも》いついたときには、こころがはずんだ。むろん、仲間《なかま》たちの中《なか》で目《め》だたせるためでもあり、ひょっとして新入《しんい》りが逃亡《とうぼう》をくわだてたりした場合《ばあい》、これが目《め》じるしになるだろうと考《かんが》えたためでもある。しかし、いかに無知《むち》な下人《げにん》とはいえ、逃亡《とうぼう》するときまで律義《りちぎ》に面《めん》をつけたままでいるものはないだろうから、この長者《ちょうじゃ》の思《おも》わくは現実《げんじつ》には的《まと》はずれになるにきまっていた。長者《ちょうじゃ》とて、そのことに気《き》がつかなかったはずはない。それでもなお、長者《ちょうじゃ》が面《めん》のアイディアを捨《す》てきれなかったのは、どうやら長者《ちょうじゃ》のこころの奥底《おくそこ》に、人間《にんげん》の顔《かお》に面《めん》をかぶせるということ自体《じたい》をたのしむ気持《きもち》があったためではないかと察《さっ》せられた。この百地《ももち》の長者《ちょうじゃ》、そのころ悪党《あくとう》と呼《よ》ばれた無頼《ぶらい》の豪族《ごうぞく》にふさわしく、とりわけ酔狂《すいきょう》なことを好《この》んだのである。

ただ、この面《めん》の一件《いっけん》に関《かん》しては別《べつ》の噂《うわさ》もないわけではなかった。それは傲慢無礼《ごうまんぶれい》な長者《ちょうじゃ》がひとをひととも思《おも》っていなかったので、身分《みぶん》いやしき下人《げにん》どもがおのれの前《まえ》にまかり出《で》るときには、面《めん》で顔《かお》をかくすのが当然《とうぜん》だと料簡《りょうけん》していたというのである。しかしそれならば、男《おとこ》どもの全員《ぜんいん》にかぶせなければならぬ理窟《りくつ》になるだろうし、とくに新入《しんい》りだけに面《めん》をかぶせた理由《りゆう》は説明《せつめい》しえないだろう。この噂《うわさ》は、一見《いっけん》もっともらしいが、あてにならないと見《み》たほうがよさそうであった。

下人小屋
菊燈台

一日《いちにち》の苦役《くえき》がおわると、男《おとこ》どもはぞろぞろ浜《はま》から引《ひ》きあげて、土塀《どべい》をめぐらした広壮《こうそう》な長者《ちょうじゃ》の屋敷内《やしきない》に建《た》てつらねた、粗末《そまつ》な藁屋根《わらやね》の下人小屋《げにんごや》に寝《ね》にもどる。ここにもどれば、若《わか》ものはもう面《めん》をかぶっている必要《ひつよう》はない。長者《ちょうじゃ》は間違《まちが》ってもここまで見《み》まわりには来《こ》ないからだ。

面《めん》をとったところを見《み》ると、若《わか》ものは眉目《びもく》すずしく、いささか気品《きひん》もあって、むくつけき男《おとこ》どもの中《なか》では不相応《ふそうおう》にみやびた風《ふう》に見《み》えた。半助《はんすけ》と呼《よ》ばれる、片腕《かたうで》のない男《おとこ》が声《こえ》をかけて、

「おぬし、たしか菊麻呂《きくまろ》といったな。生《うま》れはどこじゃ。」

「若狭《わかさ》じゃ。」

「やっぱり人買《ひとか》いにさらわれて、ここへつれて来《こ》られたのか。」

「うむ。」

こころが屈《くつ》するのか、菊麻呂《きくまろ》は多《おお》くを答《こた》えたがらないようであった。

この半助《はんすけ》は菊麻呂《きくまろ》のやさおとこぶりに惻隠《そくいん》の情《じょう》をおこしたらしく、若《わか》ものがここへ来《き》て以来《いらい》、なにくれとなく世話《せわ》を焼《や》いた。右腕《みぎうで》がなくても、半助《はんすけ》は左腕一本《ひだりうでいっぽん》で藻《も》だれ杓《しゃく》をあやつって、菊麻呂《きくまろ》よりはよほど上《じょう》手《ず》に海《うみ》の水《みず》を汲《く》んだし、天《てん》びん棒《ぼう》を肩《かた》にして、たくみに腰《こし》で平均《へいきん》をとりながら塩汲《しおく》み桶《おけ》をはこんだ。万事《ばんじ》にぬけめのない男《おとこ》で、いくらか弁《べん》も立《た》ち、嘘《うそ》だか本当《ほんとう》だか分《わか》らないようなはなしを好《この》んで吹聴《ふいちょう》するので、燭《しょく》もないまっくらな下人小屋《げにんごや》にごちゃごちゃになって寝《ね》ている男《おとこ》どものあいだでは、退屈《たいくつ》しのぎにもなり、いっぱしの人気《にんき》ものであった。

暗《くら》がりの中《なか》で、男《おとこ》のひとりがいった。

「半助《はんすけ》、おぬしの国《くに》は鎮西《ちんぜい》だったな。」

おかたさまとガータロ
菊燈台

「おう、筑後《ちくご》の柳河《やながわ》よ。」

「そうだったな。ところで、おぬしの腕《うで》はなんとして一本《いっぽん》きりになったのじゃ。まさか生《うま》れついて一本《いっぽん》というわけではあるまい。」

「うむ。これにはふかい仔細《しさい》がある。」

「その仔細《しさい》、聞《き》かせてくれぬか。」

半助《はんすけ》は気《き》をもたせるように、しばらく暗《くら》がりの中《なか》で息《いき》をつめていたが、やがて語《かた》り出《だ》すには、

「もう二十年《にじゅうねん》も前《まえ》、おれがまだ十五《じゅうご》くらいのときのことと思《おも》ってくれ。そのころ、おれは柳河《やながわ》のさる長者《ちょうじゃ》の屋敷《やしき》につかえていたが、そこのおかたさまがたいへんきりりしゃんとした女人《にょにん》でな、身分《みぶん》ちがいとはいいながら、おれはひそかに懸想《けそう》していたものじゃ。ある日《ひ》、おかたさ

まが近所《きんじょ》の寺《てら》へ墓《はか》まいりに行《い》った。すると、そこへ稚児《ちご》髷《まげ》を結《ゆ》った美《び》童《どう》がひとりあらわれてな、しなしなと挨拶《あいさつ》をしたかと思《おも》うと、おかたさまにしきりに色目《いろめ》を使《つか》うではないか。これはてっきり寺僧《じそう》に召《め》し使《つか》われる稚児《ちご》だろうと、おかたさまは内心《ないしん》おかしく思《おも》いつつも、見《み》て見《み》ぬふりをしていたそうな。稚児《ちご》は墓地《ぼち》までついてきて、おかたさまが墓《はか》のほとりを掃除《そうじ》したり、花《はな》を供《そな》えたりするのをじっと見《み》ている。そして隙《すき》をねらっては、あろうことか、おかたさまの手《て》をにぎろうとする。おかたさまは気丈《きじょう》なひとだったから、たちまち相手《あいて》の腕《うで》をねじりあげてやったそうな。稚児《ちご》は痛《いた》さに堪《た》えず、泣《な》き声《ごえ》をあげて許《ゆる》しを乞《こ》うた……」

「ちょっと待《ま》った。その稚児《ちご》というのは、おぬしのことか。」

東司にて
見
菊燈台

「ばかをいってはいけない。ガータロよ。」

「え、ガータロ。ガータロとはなんじゃ。」

「うむ。おれもよくは知《し》らぬが、とにかくそういう生《い》きものがいるのじゃ。おかたさまは不審《ふしん》に思《おも》ったので、あとで寺《てら》の住職《じゆうしよく》に会《あ》ったとき、つつまず稚児《ちご》にいたずらされたことを明《あ》かしたそうな。すると住職《じゆうしよく》は大《おお》いにおどろいて、この寺《てら》にはそんな稚児《ちご》はいないという。あれやこれや考《かんが》え合《あ》わせると、この美童《びどう》はガータロが化《ば》けたものとしか思《おも》えない。柳河《やながわ》のあたりには、むかしからガータロが多《おお》く、よく女人《によにん》にたわけたりしたというためしもあってな。」

「それは分《わか》ったが、肝心《かんじん》のおぬしの腕《うで》のはなしはどうなったのじゃ。」

「まあ急《いそ》ぐな。はなしはこれからじゃて。おかたさまが寺《てら》でガータロにいたずらされたという噂《うわさ》がぱっとひろまると、おれは一計《いっけい》を案《あん》じたものよ。ある夜《よ》、おかたさまが厠《かわや》にのぼったのを見《み》すまして、おれはこっそりその下《した》に身《み》をひそめた。こんなことをいってもおぬしたちに分《わか》ってもらえるかどうか、はなはだこころもとないが、おれはかねてから、いとしいおかたさまのかくしどころをこの目《め》で見《み》たくて、夜《よる》の目《め》も合《あ》わぬ思《おも》いをしていたのじゃ。それまでにも厠《かわや》の下《した》に身《み》をひそめることは何度《なんど》となく考《かんが》えたが、なかなか実行《じっこう》するまでの勇気《ゆうき》は湧《わ》かなかった。それが、思《おも》いきって実行《じっこう》してみようという気《き》になったのは、ガータロの噂《うわさ》を耳《みみ》にしてからじゃ。よしんばおかたさまに見《み》つかったとしても、うまく逃《に》げおおせさえすれば、そりゃこそ、いたずらの犯人《はんにん》はガータロだということになって、おれにまで嫌疑《けんぎ》がおよぶことはあ

とれた右腕
菊燈台

るまいと高《たか》をくくったからよ。思《おも》えば、それが間違《まちが》いのもとだったな。」

半助《はんすけ》はここでことばを区切《くぎ》ったが、みなみな、あまりのたわけた告白《こくはく》にあきれはてたように、闇《やみ》の中《なか》で息《いき》をひそめたまま、あえて半畳《はんじょう》を入《い》れるものもないありさまだった。半助《はんすけ》はつづけた。

「おれが厠《かわや》の下《した》で、おかたさまの熱《あつ》いしぶきを浴《あ》びながら、じっと身《み》をかたくして幸福《こうふく》に酔《よ》っていた夜《よる》は、いく夜《よ》ほどだったか。いまとなっては、それも茫々《ぼうぼう》たる往時《おうじ》の夢《ゆめ》じゃ。よせばよいのに、おれはそれだけで満足《まんぞく》せず、さらに不逞《ふてい》ないたずらごころをおこしてな、ある夜《よ》、下《した》から片手《かたて》をのばして、おかたさまの尻《しり》をそっと撫《な》でようとしたものじゃ。とたんに、おれの手首《てくび》はむずとつかまれた。なにしろ気丈《きじょう》なひとだったから、寺《てら》でガータロの腕《うで》をねじりあげたときと同《おな》じく、おれの手首《てくび》をぐいぐい引《ひ》っぱる。痛《いた》さも痛《いた》し、おれは動転《どうてん》のあまり、あたまから血《ち》の気《け》がひいて、そのまま糞壺《くそつぼ》のほとりに昏倒《こんとう》するかと思《おも》ったほどじゃ。そのとき、ついにおれの右腕《みぎうで》は根《ね》もとからすっぽり抜《ぬ》けた。抜《ぬ》けた右腕《みぎうで》をしっかりにぎったまま、おかたさまはどうとばかり厠《かわや》で尻《しり》もちをついた。かねてガータロの腕《うで》は抜《ぬ》けやすいと聞《き》きおよんでいたが、これほど簡単《かんたん》に抜《ぬ》けるとは思《おも》わなかったな。」

ひとりの男《おとこ》が半助《はんすけ》のことば尻《じり》をとらえて、

「なんだって。それではおぬし、ガータロなのか。」

「いや、おれはガータロではない。人間《にんげん》じゃよ。」

「だって、いま、ガータロの腕《うで》は抜《ぬ》けやすいといったばかりではないか。」

海辺の国道
袖をひく夜発
菊燈台

「うむ。ガータロの腕《うで》が抜《ぬ》けやすいことは、たしかにその通《とお》りじゃ。」

別《べつ》の男《おとこ》がはなしに割《わ》りこんで、

「おぬしのはなしはさっぱり分《わか》らぬ。いいか、もしおぬしがガータロでないなら、そんなに簡単《かんたん》に腕《うで》が抜《ぬ》けるはずはなかろう。それが、やすやすと抜《ぬ》けたところを見《み》ると、やっぱりどうもおぬしはガータロだということになろうではないか。」

さらに別《べつ》の男《おとこ》が口《くち》を出《だ》して、

「少《すく》なくとも、ガータロの嫌疑《けんぎ》をかけられても仕方《しかた》がないだけの理由《りゆう》はあろうて。」

半助《はんすけ》はしどろもどろになって、

「そういわれると、おれにもよく分《わか》らなくなってくるが……」

ばかげたやり取《と》りをしているうちに、いつしか笑《わら》っていた男《おとこ》どもも、昼間《ひるま》の疲《つか》れが出《で》たためか、ことごとくいびきを立《た》てて眠《ねむ》りこんでいた。ひとり闇《やみ》の中《なか》でぱっちり目《め》をあけているのは、男《おとこ》どものはなしに一度《いちど》も加《くわ》わらなかった菊麻呂《きくまろ》だけだった。

菊麻呂《きくまろ》はなにを考《かんが》えていたのか。あたまの中《なか》は完全《かんぜん》に空白《くうはく》だった。半助《はんすけ》にきかれて答《こた》えたように、たしかに自分《じぶん》が若狭《わかさ》に生《うま》れたということだけはおぼえていたが、そのほかのことはすべて、すなわち家《いえ》のことも親《おや》のことも、自分《じぶん》のこれまでの生活《せいかつ》のことも、きれいさっぱり忘《わす》れはてていた。記憶喪失《きおくそうしつ》。十数年《じゅうすうねん》の人生《じんせい》の途上《とじょう》で、なにかよほど大《おお》きな精神的《せいしんてき》ショックを受《う》けたのにちがいない。菊麻呂《きくまろ》が下人小屋《げにんごや》の男《おとこ》どものあいだで、愛想《あいそ》がわるいと思《おも》われるほど、極端《きょくたん》な無口《むくち》として通《とお》っ

潮のちぎり

ているのも、かならずしも理由《りゆう》のないことではなかった。自分《じぶん》のことをしゃべろうにも、しゃべるべき自分《じぶん》がどこかへまぎれてしまって、とんと見《み》つからなかったからである。ただ、そういう菊麻呂《きくまろ》にしてからが、おぼえていることが一《ひと》つだけあった。それは自分《じぶん》が人買《ひとか》いにさらわれた夏《なつ》の夜《よる》の前後《ぜんご》のことだった。

たぶん若狭《わかさ》の小浜《おばま》かどこかであろう。日《ひ》ぐれすぎるころ、海《うみ》に近《ちか》い砂浜《すなはま》の道《みち》をあるいていると、だれとも知《し》れず、かたわらの松並木《まつなみき》のかげから、菊麻呂《きくまろ》の袖《そで》をひくものがある。見《み》ると、白《しろ》い被衣《かつぎ》におもてをかくした女《おんな》で、ふっとなまめかしい匂《にお》いが鼻《はな》をかすめる。このあたりの辻《つじ》に立《た》って夜《よ》ごとに情《なさ》けを売《う》る、いわずと知《し》れた夜発《やほつ》のひとりであった。

菊麻呂《きくまろ》は日《ひ》ごろから、こういう種類《しゅるい》の女《おんな》にはついぞこころを惹《ひ》かれたためしがないが、その夜《よる》にかぎって、どうしたわけか、むらむらと情欲《じょうよく》が湧《わ》くのをおぼえた。じつはこのとき夜道《よみち》をあるいていたのは、一年《いちねん》ばかり前《まえ》からなじみをかさねてきた、さる年上《としうえ》の女《おんな》の在所《ざいしょ》から帰《かえ》る途中《とちゅう》だったので、もう女《おんな》とつき合《あ》うのはいいかげんうんざりしているはずだった。それなのに、むしろそれが逆《ぎゃく》の結果《けっか》を生《しょう》ぜしめたのは、おそらく菊麻呂《きくまろ》のこころの奥底《おくそこ》に、すすんで自分《じぶん》の筆《ふで》おろしをしてくれたばかりか、たずねればいつでも帯紐《おびひも》とくのが習慣《しゅうかん》となっていた年《とし》上《うえ》の女《おんな》を鬱陶《うっとう》しく思《おも》う気持《きもち》があったためであろう。まだ十八《じゅうはち》にも満《み》たないうちから、色事《いろごと》のすべてを手《て》とり足《あし》とり自分《じぶん》に教《おし》えてくれた女《おんな》を、そのゆえにこそ、裏切《うらぎ》ってやりたいという気持《きもち》があったためであろう。

みずのなかが好き

菊燈台

このあたりの心理《しんり》は説明《せつめい》しにくいが、要《よう》するに菊麻呂《きくまろ》はこれまで押《お》しつけられて据《す》え膳《ぜん》を食《く》わされたことしかなかったので、そのことに自《じ》分《ぶん》でもむしゃくしゃするものを感《かん》じていたのであり、まだ自分《じぶん》の知《し》らない新味《しんみ》に勃然《ぼつぜん》と食指《しょくし》がうごいたのである。

女《おんな》にさそわれて、とど菊麻呂《きくまろ》がついて行《い》ったのは、潮《しお》が満《み》ちるときにはかくれて、引《ひ》くときには岩頭《がんとう》をわずかに露出《ろしゅつ》する、海《うみ》の中《なか》に突《つ》き出《だ》したせまい礁《はえ》の上《うえ》だった。ここへ来《き》て女《おんな》は初《はじ》めて被衣《かつぎ》をとったが、月《つき》の光《ひかり》にしらじらと冴《さ》えわたる、その顔《かお》はぞっとするほど艶《えん》なるふぜいで、思《おも》わず菊麻呂《きくまろ》は事《こと》にのぞんで武者《むしゃ》ぶるいのようなものを身《み》におぼえたほどだった。昆布《こんぶ》を敷《し》きねの仮枕《かりまくら》としゃれて、ふたりは岩《いわ》の上《うえ》で露《つゆ》のちぎりならぬ潮《しお》のちぎりをむすんだ。女《おんな》はうっとりとして、

「わたしは水《みず》の中《なか》が好《す》き。」

それが最初《さいしょ》の出会《であ》いで、その後《ご》も菊麻呂《きくまろ》は女《おんな》の味《あじ》が忘《わす》れられず、古《ふる》なじみの女《おんな》の在所《ざいしょ》から帰《かえ》る道《みち》すがら、しばしば松並木《まつなみき》の辻《つじ》に立《た》つ女《おんな》のすがたをこころ待《ま》ちにした。

年上《としうえ》の女《おんな》のほうでも、近《ちか》ごろの菊麻呂《きくまろ》の変《かわ》りかたにはうすうす気《き》がついていたようだった。愛戯《あいぎ》のさいちゅう、ともすれば気《き》ぬけしたようにぼんやりしている菊麻呂《きくまろ》のようすを見《み》とがめて、じれったげに男《おとこ》のからだをゆすぶり、

「どうなされた。ねむいのか。」

それでも菊麻呂《きくまろ》は煮《に》えきらない返事《へんじ》をするばかりである。女《おんな》は気《き》づかわしげに、

人買い舟
人魚だったのか…
藪燈台

「おまえさま、もしや人魚《にんぎよ》を見《み》たのではないか。ひとたび人魚《にんぎよ》をまのあたりにすると、男《おとこ》は世《よ》の中《なか》の女《おんな》という女《おんな》がうとましくなるといいますゆえ。このあたりの海《うみ》には、むかしから人魚《にんぎよ》が多《おお》く棲《す》むものなれば。」

こうして一夜《いちや》、菊麻呂《きくまろ》は思《おも》ってもみなかった災難《さいなん》にぶつかったのだった。

むしむしする夏《なつ》の宵《よい》だったから、いつものように海《うみ》に突《つ》き出《で》た礁《はえ》の上《うえ》で、交《まじ》わりに余念《よねん》がなかった菊麻呂《きくまろ》と女《おんな》は、一切《いっさい》の衣《ころも》をぬぎすてた素《す》はだかの身《み》を風《かぜ》と潮《しお》とにさらしていた。そして一《ひと》しきり交《まじ》わりが果《は》てると、そのままのあられもない恰好《かっこう》でとろとろと浅《あさ》い眠《ねむ》りに落《お》ちた。潮《しお》がひたひたと満《み》ちてきつつあった。そのことにも気《き》づかなかったし、また人買《ひとか》い舟《ぶね》が近《ちか》づいてきつつあったのにも、さらにふたりは気《き》づかなかった。あたまの上《うえ》からぱっと網《あみ》が落《お》ちてきて、素《す》はだかのふたりが二匹《にひき》の魚《さかな》のように、人買《ひとか》いの網《あみ》の中《なか》にまんまと捕《とら》えられたときになって初《はじ》めて、菊麻呂《きくまろ》は目《め》をさました。目《め》をさましたとたん、「人魚《にんぎょ》じゃ。人魚《にんぎょ》じゃ。これはめずらしい。もうけものだぞ。ひとりは男《おとこ》じゃ。」

三人《さんにん》の人買《ひとか》いが口々《くちぐち》にさけんでいるのを耳《みみ》にしても、最初《さいしょ》はなんのことやらさっぱり分《わか》らなかった。しかし、自分《じぶん》のすぐわきで、あたりに水《みず》をはねちらかしながら、ぴちぴちと跳《は》ねまわっている銀色《ぎんいろ》の魚体《ぎょたい》をした女《おんな》を見《み》るにおよんで、ようやく菊麻呂《きくまろ》は事態《じたい》をおぼろげに察知《さっち》した。そうか。あの女《おんな》がいった通《とお》りだったたな。「このあたりの海《うみ》には、むかしから人魚《にんぎょ》が多《おお》く棲《す》むものなれば。」おれが初《はじ》めて接《せっ》した春《はる》をひさ

藥
菊燈台
不老の妙薬
―人魚のゆくえ

リン
みかん
名代
人魚丸

ぐ女《おんな》は、じつはこのあたりの海《うみ》に棲《す》む人魚《にんぎょ》だったのか。そう思《おも》った瞬《しゅん》間《かん》、菊麻呂《きくまろ》は脳天《のうてん》を棍棒《こんぼう》で強《つよ》くなぐられて、ふたたび眠《ねむ》るがごとく意《い》識《しき》を失《うしな》ってしまった。人魚《にんぎょ》がその後《ご》どうなったか、不老長寿《ふろうちょうじゅ》の薬《くすり》になるという人魚《にんぎょ》を人買《ひとか》いどもがどこへ売《う》りとばしたか、それはいまにいたるまで知《し》らないままである。

こうして菊麻呂《きくまろ》が人買《ひとか》いにさらわれたのは、たしかに思《おも》ってもみなかった災難《さいなん》にはちがいなかったが、しかしいっぽう、もしここにたまたま人買《ひとか》い舟《ぶね》が通《とお》りかからなかったら、おそらく菊麻呂《きくまろ》は眠《ねむ》ったまま、次第《しだい》に満《み》ちてきた海《うみ》におぼれ、人魚《にんぎょ》ともども水《みず》の底《そこ》に沈《しず》んでいたであろうことは必至《ひっし》だったので、一概《いちがい》にこれを災難《さいなん》とのみはいいきれない事情《じじょう》もあった。古来《こらい》の伝説《でんせつ》にあるように、人魚《にんぎょ》は男《おとこ》を海《うみ》の底《そこ》に引《ひ》きずりこむものときまっている。人買《ひとか》い舟《ぶね》のおかげで、菊麻呂《きくまろ》はからくもこの危険《きけん》をまぬかれた。もしかしたら、このときから菊麻呂《きくまろ》が記憶《きおく》を喪失《そうしつ》したのは、ひょんなことから男《おとこ》を海《うみ》の底《そこ》に引《ひ》きずりこむのに失敗《しっぱい》した人魚《にんぎょ》が、せめて男《おとこ》の記憶《きおく》だけでも、海《うみ》の底《そこ》へ持《も》って行《い》きたいと執《しゅう》念《ねん》を燃《も》やしたためかもしれなかった。菊麻呂《きくまろ》も人魚《にんぎょ》もあえなく網《あみ》に捕《とら》えられてしまったが、菊麻呂《きくまろ》の記憶《きおく》だけは人魚《にんぎょ》の悲願《ひがん》によって、ふかい海《うみ》の底《そこ》にぐんぐん沈《しず》んだのかもしれなかった。菊麻呂《きくまろ》の記憶《きおく》は海《うみ》の底《そこ》で珊瑚《さんご》のように、ひと知《し》れず凝固《ぎょうこ》したのかもしれなかった。

百《もも》地《ち》の長者《ちょうじゃ》の屋《や》敷《しき》につれて来《こ》られてから一月《ひとつき》ほどたったころ、ある夜《よ》、菊麻呂《きくまろ》がひそかに、どうしてもここから逃亡《とうぼう》したいという気持《きもち》を半助《はんすけ》につたえると、半助《はんすけ》はおどろいて反対《はんたい》した。

「それはむりじゃ。どちらへ逃《に》げたにしろ、要処要処《ようしょようしょ》には番所《ばんしょ》が立《た》っている。番所《ばんしょ》には屈強《くっきょう》な見張《みは》りがいる。おぬしのような足弱《あしよわ》には、そこを駆《か》けぬけるのはとてもむりじゃ。」

「海《うみ》に出《で》るとすれば。」

「おぬし、その細腕《ほそうで》で泳《およ》げるのか。しかし泳《およ》いだところで、やはり逃《に》げきるのはむずかしかろうて。長者《ちょうじゃ》にとっては、瀬戸内《せとうち》の海《うみ》を探索《たんさく》するのは掌《てのひら》をさすようなものよ。それに、逃亡《とうぼう》に失敗《しっぱい》して見《み》つかったら最後《さいご》、額《ひたい》に焼印《やきいん》を押《お》されることを覚悟《かくご》しなければなるまいぞ。おぬしのかわいい顔《かお》に傷《きず》がつくのを見《み》るのは、おれとしても堪《た》えがたいことじゃ。」

半助《はんすけ》がしきりに引《ひ》きとめるのは、かならずしも菊麻呂《きくまろ》の身《み》を案《あん》ずるためばかりではなさそうであった。この男《おとこ》が衆道《しゅどう》を好《この》むという噂《うわさ》はついぞ聞《き》かなかったが、いままで相手《あいて》にめぐまれなかったということもありうるだろう。好《この》みが潜在《せんざい》していたとすれば、相手《あいて》が見《み》つかるとともに噴《ふ》き出《だ》してくる。げんに小《こ》あたりに気《き》をひくように、菊麻呂《きくまろ》の寝《ね》ているところへおずおずと手《て》をのばして、その手《て》を邪慳《じゃけん》に振《ふ》りはらわれたりしたことも一度《いちど》ならずあった。

しかし、この逃亡《とうぼう》のくわだてを打《う》ちあけられた夜《よる》から二《に》、三日《さんにち》すると、半助《はんすけ》も相手《あいて》の知《し》られてはならない秘密《ひみつ》をつかんだだけに、前《まえ》よりはよほど大胆《だいたん》な気持《きもち》になっていたらしく、暗《くら》がりの中《なか》で、からだごと相手《あいて》にぶつかってゆくような勢《いきお》いで、寝《ね》ている菊麻呂《きくまろ》にいどみかかった。しかるに、菊麻呂《きくまろ》が寝《ね》ているものとばかり思《おも》った藁《わら》の上《うえ》には、ただうそふきの面《めん》が一個《いっこ》、まるでひとをばかにしたようにのこされているだけで、菊麻呂《きくまろ》自身《じしん》のからだはすでにそこに影《かげ》すらなかった。もぬけの殻《から》。やりおったな。小《こ》せがれめ。手《て》ひどくだまされたような気《き》がして、半助《はんすけ》はかっとなった。かわいさあまって憎《にく》さが百倍《ひゃくばい》、たちまち面《めん》をひっつかむと、長者《ちょうじゃ》のもとに注進《ちゅうしん》にはしった。

かりに半助《はんすけ》の注進《ちゅうしん》がなかったとしても、海《うみ》であれ陸《りく》であれ、きびしい見張《みは》りの目《め》をくらまして逃《に》げおおせることは所詮《しょせん》むりだったにちがいない。くちびるを紫色《むらさきいろ》にして、水《みず》から舟《ふね》に引《ひ》きあげられた菊麻呂《きくまろ》は、見張《みは》りの男《おとこ》に高手小手《たかてこて》に縄《なわ》うたれて、長者《ちょうじゃ》の屋敷《やしき》にしょっぴかれてくると、母屋《もや》の前《まえ》の庭《にわ》さきに引《ひ》き据《す》えられた。長者《ちょうじゃ》の屋敷内《やしきない》にならび立《た》つ大小《だいしょう》の殿舎《でんしゃ》のなかでも、この母屋《もや》はとりわけてばかでかく、棟木《むなぎ》の上《うえ》に堅魚木《かつおぎ》を十数本《じゅうすうほん》もつらねて、見《み》あげるばかりの威容《いよう》を誇《ほこ》っていた。その母屋《もや》の、庭《にわ》に面《めん》したひろい縁側《えんがわ》に円座《えんざ》を敷《し》いて、百地《ももち》の長者《ちょうじゃ》は大《おお》あぐらをかくと、あくびまじりの酔眼《すいがん》に、片手《かたて》にしたうそふきの面《めん》を膝《ひざ》の上《うえ》でもてあそびつつ見《み》るともなしに見《み》やっていた。菊麻呂《きくまろ》が昨夜《さくや》、下人小屋《げにんごや》の藁《わら》の上《うえ》にのこして行《い》った面《めん》である。

「逃亡《とうぼう》をくわだてた菊麻呂《きくまろ》と申《もう》すもの、ここに召《め》しつれました。」

家人《けにん》の声《こえ》が聞《きこ》えたのか聞《きこ》えないのか、半眼《はんがん》に見《み》ひらいた目《め》をなお面《めん》の上《うえ》にそそいだまま、長者《ちょうじゃ》はしばらく顔《かお》もあげなかった。やがて、くつくつと笑《わら》いながら、くぐもったような声《こえ》で、

「おまえの持《も》って生《うま》れた柔弱《にゅうじゃく》なしゃっつらをつくろうために、羅陵王《らりょうおう》

第十八百地丸
逃げた菊麻呂
百

のひそみにならって、わしがせっかく面《めん》をかぶせてやったというのに、それをありがたいとも料簡《りょうけん》せず、わざわざ面《めん》を捨《す》てて逃《に》げ出《だ》すとは、さてもあきれた不心得《ふこころえ》ものじゃな。もしおまえが、これなる面《めん》をつけたままで逃《に》げ出《だ》していたなら、寛仁《かんじん》の沙汰《さた》をもって見《み》のがしてやったでもあろうものを。わしとしても残念《ざんねん》でならぬ。」

それから初《はじ》めて菊麻呂《きくまろ》の顔《かお》をまともに見《み》て、

「おまえがそれほどに面《めん》をつけるのを好《この》まぬとあらば、面《めん》はつけずともよいわ。そのかわり、おまえの顔《かお》に火《ひ》で隈《くま》どりをして、ひとがおびえるほどの、勇猛野蛮《ゆうもうやばん》な面相《めんそう》にしてやろうと思《おも》うがどうじゃ。」

菊麻呂《きくまろ》は汗《あせ》と泥《どろ》でくしゃくしゃになった顔《かお》をして、うつけたように一点《いってん》を見《み》つめたきり、まばたきもしなかった。長者《ちょうじゃ》がこれから自分《じぶん》に対《たい》しておそろしい刑罰《けいばつ》を加《くわ》えようとしていることにも、さらに気《き》がついているようには見《み》えなかった。

いつのまにか庭《にわ》さきで、炭火《すみび》があかあかと燃《も》えさかっていた。片肌《かたはだ》ぬぎになった髯《ひげ》づらの家人《けにん》がひとり、その炭火《すみび》の中《なか》にさしこまれた、まっかに焼《や》けた鉄《てつ》の火箸《ひばし》のようなものを抜《ぬ》き出《だ》しては、熱《ねつ》の威力《いりょく》をためしてみるつもりか、地面《じめん》にころがっている松材《まつざい》の表面《ひょうめん》に、その赤《あか》い先端《せんたん》を押《お》しあてていた。たちまち焦《こ》げくさい匂《にお》いがして、けむりが立《た》ちのぼった。二度《にど》三度《さんど》、そんなことをしてから、鉄《てつ》の火箸《ひばし》のにぎる部《ぶ》分《ぶん》にぐるぐる濡《ぬ》れた藁《わら》を巻《ま》きつけると、家人《けにん》はこれを高《たか》く持《も》ちあげるようにして、縁側《えんがわ》にいる長者《ちょうじゃ》のほうへ示《しめ》して見《み》せた。用意《ようい》ができたということであろう。長者《ちょうじゃ》は縁側《えんがわ》から立《た》ちあがって庭《にわ》におりたが、その

引き据えられた
菊麻呂
菊燈台
HOLIDAY

志乃
百地の長者

とき手《て》にした面《めん》を、ふとたわむれに自分《じぶん》の顔《かお》にかぶって、

「わしはみずからうそふきとなって、不心得《ふこころえ》ものを成敗《せいばい》してくれよう。

これはおもしろいぞ。」

家人《けにん》の手《て》から火箸《ひばし》をわたされて、ふとったからだを大儀《たいぎ》そうにゆすりながら、菊麻呂《きくまろ》のほうへ足《あし》をはこんだ。

ときに、縁側《えんがわ》の奥《おく》のうす暗《ぐら》い座敷《ざしき》に声《こえ》があって、

「おとうさま、おとうさま。」

はしり出《で》てきたのは十五歳《じゅうごさい》になる長者《ちょうじゃ》のひとり娘《むすめ》の志乃《しの》であった。ふさふさした髪《かみ》を耳《みみ》ばさみにして、まだ洟《はな》たれのおてんば娘《むすめ》みたいだが、さすがに長者《ちょうじゃ》の娘《むすめ》だけあって、ぜいたくな縫箔《ぬいはく》の小袖《こそで》を闊達《かったつ》に着《き》こなしている。

「なにごとじゃ。」

うそふきの面《めん》がふりかえっても、志乃《しの》は臆《おく》する色《いろ》なく、きっぱりした調子《ちょうし》で、

「おとうさま、近《ちか》くお伊勢《いせ》まいりにいらっしゃるというのに、あんまりむごいことはなさらないほうがおためではございませぬか。」

長者《ちょうじゃ》は一瞬《いっしゅん》、気押《けお》されたようにだまったが、すぐに声《こえ》あららげて、

「お伊勢《いせ》まいりが、なんとした。」

志乃《しの》はひるまず、

「それでも、目《め》にあまるほど痛々《いたいた》しいことをなされば、きっとお伊勢《いせ》さまのお罰《ばつ》があたります。」

長者《ちょうじゃ》は居《い》丈高《たけだか》になって、

鴫居のうへの
志乃
菊燈台
わ

「いらざる口出《くちだ》し、うるさいぞ。たとえ娘《むすめ》のいいぐさでも、聞《き》く耳《みみ》はもたぬ。いちいち神仏《しんぶつ》に遠慮《えんりょ》していて、三十人《さんじゅうにん》からの下人《げにん》をよく使《つか》いこなせると思《おも》うか。わしは四十有余年《よんじゅうゆうよねん》、ついぞ神仏《しんぶつ》に祈《いの》るということを知《し》らないで生《い》きてきた乱世《らんせい》の横行人《おうぎょうにん》じゃ。お伊勢《いせ》まいりに出《で》かけるのは、神信心《かみしんじん》のためではない、ただの物見遊山《ものみゆさん》よ。まちがえるな。」

下人《げにん》どもには鬼《おに》のごとく恐《おそ》れられている長者《ちょうじゃ》だったが、ひとり娘《むすめ》の志乃《しの》にはいたって甘《あま》く、常日《つねひ》ごろから猫《ねこ》かわいがりにしていただけに、その娘《むすめ》に向《む》けられたはげしいことばも、いくらか虚勢《きょせい》を張《は》っているように聞《きこ》えなくはなかった。それでも、いまさら菊麻呂《きくまろ》への仕置《しお》きをやめては恰好《かっこう》がつかないので、強《し》いて頑《かたく》なをよそおって、長者《ちょうじゃ》はやおら鉄《てつ》の火箸《ひばし》をもち直《なお》すと、これを思《おも》いきって菊麻呂《きくまろ》の顔《かお》へあてようとした。とたんに、娘《むすめ》の声《こえ》とも思《おも》えぬ朗々《ろうろう》たる声《こえ》が頭上《ずじよう》からひびきわたって、長者《ちようじや》はあっとのけぞった。

「かくいうわれは瀬戸内《せとうち》の龍神《りゆうじん》なるぞ。横行人《おうぎようにん》、ひかえよ。慮外《りよがい》するな。いますぐ無益《むえき》な殺生《せつしよう》やめるよう、なんじにしかと申《もう》しわたす。」

見《み》れば、志乃《しの》は縁側《えんがわ》の鴨居《かもい》に飛《と》びあがって、目《め》を吊《つ》りあげて形相《ぎようそう》すさまじく、なにものかに乗《の》りうつられたようなことばを切《き》れ切《ぎ》れに口《くち》ばしっている。思《おも》いつめた一念《いちねん》がそうさせたのだろうか、あの子《こ》どもっぽい志乃《しの》とも思《おも》われぬ狂《くる》いようである。空中浮揚《くうちゆうふよう》。譫妄症《せんもうしよう》。突然《とつぜん》の娘《むすめ》の変貌《へんぼう》に父《ちち》は度肝《どぎも》をぬかれて、もはや下人《げにん》の仕置《しお》きどころのさわぎではなく、面《めん》をかなぐり捨《す》て、鉄《てつ》の火箸《ひばし》を庭《にわ》にほうり出《だ》すと、あわてふためいて縁側《えんがわ》へ駆《か》けあがって、家人《けにん》に手《て》つだわせて娘《むすめ》のからだを鴨居《かもい》から抱《だ》きおろそうとした。

しかし抱《だ》きおろすや、娘《むすめ》はほんの数刻《すうこく》とたたぬうちに、けろりとして平常《へいじょう》の状態《じょうたい》に復《ふく》したばかりか、のんきな顔《かお》ですやすや眠《ねむ》りはじめさえしたので、父《ちち》はなんだかばかにされたような、いまいましいような気《き》がしたものであった。と同時《どうじ》に、自分《じぶん》が菊麻呂《きくまろ》の顔《かお》を傷《きず》つけずにすんだことに、正直《しょうじき》なところ、ほっとした気持《きもち》を味《あじ》わった。

娘《むすめ》がいきなり狂《くる》い出《だ》した理由《りゆう》に気《き》がつかぬほど、長者《ちょうじゃ》は無粋《ぶすい》な男《おとこ》でもなかったし、若《わか》い娘一般《むすめいっぱん》の心理《しんり》にうとい男《おとこ》でもなかった。理由《りゆう》は簡単《かんたん》、これまで面《めん》にかくれて見《み》えなかった若《わか》ものの顔《かお》を、この日《ひ》、娘《むすめ》が初《はじ》めてまざまざと目《め》にしたからにきまっている。簡単《かんたん》な算術《さんじゅつ》のように、これほど解《と》くのにたやすい問題《もんだい》はなかった。べつに父《ちち》の目《め》で見《み》たからというわけではなく、むしろ男の目《おとこめ》で見《み》たからというほうが当《あた》っていたかもしれない。しかし長者《ちょうじゃ》は父《ちち》として娘《むすめ》を愛《あい》していたはずなのに、その娘《むすめ》のこころをかくも狂《くる》わせた若《わか》い男《おとこ》に対《たい》して、それほど嫉妬《しっと》めいた感情《かんじょう》のはたらくのをおぼえないのは、われながら不思議《ふしぎ》であった。長《ちょう》者《じゃ》をして菊麻呂《きくまろ》の顔《かお》に焼印《やきいん》をあてるのをためらわれたのは、かならずしも娘《むすめ》の気持《きもち》を踏《ふ》みにじるのを恐《おそ》れたためばかりではなく、長者《ちょうじゃ》みずからのこころの中《なか》に、それを欲《ほっ》しない気持《きもち》が幾分《いくぶん》かはあったからであった。いや、そういってしまっては、あまりにも単純《たんじゅん》に割《わ》り切《き》りすぎたことになろう。長者《ちょうじゃ》とて、少《すく》なくとも娘《むすめ》が飛《と》び出《だ》してくるまでは、菊麻呂《きくまろ》を折檻《せっかん》することに純粋《じゅんすい》な快味《かいみ》をおぼえていなかったとはいえないからだ。それにしても、たかが下人《げにん》ひとりを成敗《せいばい》するにあたって、こんな複雑《ふくざつ》な、わけの分《わか》らない気持《きもち》になったことはめずらしいと、長《ちよう》者《じや》はおのれの優柔不断《ゆうじゆうふだん》を苦々《にがにが》しくすら感《かん》じた。

若《わか》ものの顔《かお》にあからさまな傷《きず》を負《お》わせることなく、しかも肉体上《にくたいじよう》のきびしい苦痛《くつう》が持続《じぞく》するような刑罰《けいばつ》はないものかと、長者《ちようじや》はとつおいつ思案《しあん》した。そしてそのあげく、一《ひと》つの奇妙《きみよう》な考《かん》えに逢着《ほうちやく》した。その考《かん》えは、長者《ちようじや》みずからを笑《わら》わせるにたるものだった。

「おまえの顔《かお》を思《おも》うさま火《ひ》で隈《くま》どりしてやるつもりだったが、仔細《しさい》あって、その儀《ぎ》は取《と》りやめることにした。いのち冥加《みようが》なやつめ。そのかわりには十日間《とおかかん》、おまえを燈台《とうだい》として使役《しえき》することにするから、左様《さよう》こころえよ。おまえの名《な》は菊麻呂《きくまろ》といったな。そう、菊燈台《きくとうだい》じゃ。おまえは菊燈台《きくとうだい》になるのじゃ。」

そういって、長者《ちょうじゃ》はひさびさに大笑《おおわら》いした。

その夜《よる》から、長者《ちょうじゃ》が客人《きゃくじん》をあつめて酒盛《さかもり》をする広間《ひろま》で、菊麻呂《きくまろ》は燈台《とうだい》の役目《やくめ》をさせられることになった。すなわち髪《かみ》を総角《あげまき》にして左右《さゆう》に分《わ》け、耳《みみ》のあたりで輪《わ》にして束《たば》ねたあたまの上《うえ》に、油《あぶら》をなみなみと満《み》たした燈明皿《とうみょうざら》をのせて、そこに火《ひ》をともす。燃《も》える燈明皿《とうみょうざら》を落《お》とさぬように頭上《ずじょう》に支《ささ》えて、夜《よる》がふけるまで広間《ひろま》にじっと立《た》っている。さしずめ人間燈台《にんげんとうだい》だと思《おも》えばよい。

ちなみにいえば、菊燈台《きくとうだい》というのは、台座《だいざ》が菊《きく》の花《はな》のかたちをした燈台《とうだい》のことである。長者《ちょうじゃ》は菊麻呂《きくまろ》の名《な》にかけて、菊燈台《きくとうだい》ということばを使《つか》ったものと思《おも》われるが、さらに勘《かん》ぐれば、菊《きく》にもっと別《べつ》のきわどい意味《いみ》をこめて使《つか》ったのかもしれない。田舎《いなか》ざむらいとはいえ、その

菊燈台
麻呂
ほか
菊燈台

くらいのリベルタン趣味《しゅみ》は身《み》につけている百地《ももち》の長者《ちょうじゃ》だったからだ。

長者《ちょうじゃ》が夜《よ》ごとに酒宴《しゅえん》をひらく広間《ひろま》では、打《う》ちつどうめんめん、長《なが》い柄《え》の銚子《ちょうし》で酌《しゃく》をとる白拍子《しらびょうし》ともども、鼓《つづみ》に合《あ》わせて拳《けん》をうったり、大声《おおごえ》あげて今様《いまよう》をうなったり、さては茶寄合《ちゃよりあい》と称《しょう》して、茶《ちゃ》を口実《こうじつ》として博奕《ばくち》をうったりするのを常《つね》としていたから、燈台《とうだい》のかたちをして広間《ひろま》の一角《いっかく》に立《た》っている菊麻呂《きくまろ》は否《いや》も応《おう》もなく、それらの夜《よる》を徹《てつ》する乱痴気《らんちき》さわぎの一部始終《いちぶしじゅう》をだまって見《み》ていなければならなかった。あたまの上《うえ》では絶《た》えず、油《あぶら》の燃《も》える音《おと》がじじじと鳴《な》っていた。ときどき、熱《あつ》い油《あぶら》のしずくが一滴《いってき》、つーと額《ひたい》をすべり落《お》ちることもあった。少《すこ》しでも首《くび》をかしげたりすれば油《あぶら》がこぼれるので、じっと首《くび》を固定《こてい》して正面《しょうめん》を向《む》いていなければならなかったが、ふだんから身《み》じろぎしないことに慣《な》れている菊麻呂《きくまろ》には、それもさほどつらいことではなかった。酔《よ》いしれた客人《きゃくじん》や白拍子《しらびょうし》がふらふら近《ちか》づいてきて、無遠慮《ぶえんりょ》に菊麻呂《きくまろ》のからだに手《て》をふれたり、卑猥《ひわい》な言辞《げんじ》を投《な》げつけて挑発《ちょうはつ》したりすることもあったが、それもどうということはなく、ただ無視《むし》しておけばすむことだった。結局《けっきょく》、この長者《ちょうじゃ》のあたまからしぼり出《だ》された人間燈台《にんげんとうだい》のアイディアも、拷問具《ごうもんぐ》としての実用性《じつようせい》よりはむしろ遊戯性《ゆうぎせい》においてまさった、あのうそふきの面《めん》のアイディアと似《に》たようなものだったかもしれない。

「わが家《いえ》の生《い》きたる菊燈台《きくとうだい》をごらんじませ。なかなかの男《おとこ》ぶりでござろう。」

こんな冗談《じょうだん》をいって、菊麻呂《きくまろ》を客人《きゃくじん》たちに自慢《じまん》らしく見《み》せたりすることもあったが、そういうとき、すでに長者《ちょうじゃ》は、菊麻呂《きくまろ》を苦《くる》しめるた

お伊勢《いせ》まいり

なんだ

めに菊燈台《きくとうだい》のアイディアを考《かんが》え出《だ》したということを完全《かんぜん》に忘《わす》れていた。

さて、いよいよお伊勢《いせ》まいりに出《で》かける日《ひ》がきて、長者《ちょうじゃ》はかねての計画通《けいかくどお》り、寵愛《ちょうあい》の白拍子《しらびょうし》をふくむ十数人《じゅうすうにん》の供《とも》まわりをつれて、にぎにぎしく船《ふね》で国《くに》を発《た》った。出発《しゅっぱつ》の日《ひ》、志乃《しの》を近《ちか》くへ呼《よ》んで、めっきり女《おんな》っぽくなった娘《むすめ》を皮肉《ひにく》な目《め》で見《み》やりつつ、

「形見《かたみ》というわけではないが、わしの菊燈台《きくとうだい》をおまえのためにのこして行《い》こう。わしはもう飽《あ》きたから、あとはおまえが煮《に》るなり焼《や》くなり勝手《かって》にするがいい。」

父親《ちちおや》の口《くち》から出《で》たとも思《おも》われぬ無責任《むせきにん》で乱暴《らんぼう》ないいぐさだったが、志《し》乃《の》は大《おお》きな目《め》を見《み》ひらいて、しかつめらしく、

「はい。承知《しょうち》いたしました。」

長者《ちょうじゃ》が伊勢《いせ》参宮《さんぐう》に出《で》かけてしまうと、その不在《ふざい》の期間《きかん》だけは、長者《ちょうじゃ》の妻《つま》も屋敷《やしき》の外《そと》で夜《よる》をすごさなければならなかった。それというのも、このあたりの瀬戸内《せとうち》の海辺《うみべ》に、古《ふる》く道鏡《どうきょう》を祭《まつ》るという社《やしろ》があり、俗《ぞく》に法王宮《ほうおうぐう》と呼《よ》ばれていたが、土地《とち》の風習《ふうしゅう》では、その夫《おっと》が伊勢《いせ》に参宮《さんぐう》するにあたっては、その妻《つま》かならず法王宮《ほうおうぐう》に参籠《さんろう》通夜《つや》して、夫《おっと》の無事《ぶじ》に帰《かえ》るのを待《ま》たねばならぬといわれていたからである。長者《ちょうじゃ》の妻《つま》は土地《とち》の風習《ふうしゅう》を忠実《ちゅうじつ》に守《まも》ったから、父《ちち》が出発《しゅっぱつ》してからあとは、志乃《しの》はいつも屋《や》敷《しき》にひとりで夜《よる》をすごすことになった。たぶん父《ちち》もそれを見越《みこ》して、あえて娘《むすめ》の手《て》に菊燈台《きくとうだい》をゆだねたのではないかと察《さつ》せられた。

菊燈台《きくとうだい》。ああ、なんという美《うつく》しくも間然《かんぜん》するところのない調度《ちょうど》であろうかと、志乃《しの》は見《み》れども飽《あ》かなかった。父母《ふぼ》が家《いえ》をあけるとともに、

第一夜
菊燈台

いまでは菊燈台《きくとうだい》は志乃《しの》の部屋《へや》に移《うつ》されて、若《わか》いふたりだけの夜《よる》をあかあかと照《て》らしていた。

家人《けにん》たちは夜《よる》がくるたびに、ひっそりと息《いき》をつめるようにして、志《し》乃《の》の部屋《へや》からもれてくる、時《とき》ならぬけたたましい笑《わら》い声《ごえ》や、しのびねのすすり泣《な》きに耳《みみ》をそばだてるようになった。そこでなにが行《おこな》われているのか、家人《けにん》たちにはまるで想像《そうぞう》もつかないのだった。ある夜《よ》、ついに婢《はしため》のひとりが好奇心《こうきしん》に勝《か》てず、戸《と》の隙間《すきま》からこっそり部屋《へや》の中《なか》をのぞいて見《み》た。

部屋《へや》の中《なか》では、素《す》はだかになった菊麻呂《きくまろ》があたまに火《ひ》のともった燈明皿《とうみょうざら》をのせて、夢《ゆめ》みるような目《め》つきで立《た》ちつくしていた。そのあらわな白《しろ》い肌《はだ》には胸《むね》から腹《はら》にかけて、また太腿《ふともも》から脚《あし》にかけて、いく筋《すじ》も赤《あか》い糸《いと》のように血《ち》がにじんでいた。股間《こかん》のほの暗《ぐら》い茂《しげ》みに、わずかに屹立《きつりつ》するものも見《み》えた。かたわらに、しどけなく衣紋《えもん》をみだして、片膝《かたひざ》たてた志乃《しの》が、やなぎの若枝《わかえだ》でつくった笞《むち》のようなものを袖口《そでぐち》からのぞかせて、

「いかが。少《すこ》しは身《み》のほどを思《おも》い知《し》りましたか。」

肝《きも》をつぶした婢《はしため》は逃《に》げかえるや、家人《けにん》たちに見《み》たままの情景《じょうけい》を報告《ほうこく》した。みなみな、おどろきあきれて、ことばもなかった。

あくる日《ひ》の夜《よる》、今度《こんど》は別《べつ》の婢《はしため》がしのんで行《い》って、ひそかに部屋《へや》の中《なか》をうかがい見《み》た。

前《まえ》の夜《よる》とは打《う》って変《かわ》って、あたまに燃《も》える燈明皿《とうみょうざら》をのせているのは志乃《しの》のほうであった。志乃《しの》は男《おとこ》の子《こ》のように髪《かみ》を総角《あげまき》にして、さすが

第二夜
菊燈台

に素《す》はだかではなかったものの、すずしの単衣《ひとえぎぬ》では肌《はだ》が透《す》けて見《み》えるのもやむをえなかった。最初《さいしょ》は肩《かた》をふるわせて泣《な》いているように見《み》えたのに、婢《はしため》がよく目《め》をこらして見《み》ると、じつはそうではなくて、笑《わら》っているのだった。なにがおかしいのか、吹《ふ》き出《だ》したいのを必死《ひっし》にこらえて、あたまの上《うえ》に支《ささ》える燈明皿《とうみょうざら》を落《お》とさぬように懸命《けんめい》になっているらしい。菊麻呂《きくまろ》はと見《み》ると、綾《あや》の几帳《きちょう》のかげに、それらしきひとのすがたが見《み》えたが、顔《かお》にはうそふきの面《めん》をかぶっているので、表情《ひょうじょう》まではよ読《よ》みとれない。それが、ぽつりとことばをもらして、

「泣《な》いたり笑《わら》ったり、いそがしいことじゃ。」

のぞき見《み》している婢《はしため》には、まのあたりにした情景《じょうけい》の意味《いみ》がさっぱりつかめず、そこそこに逃《に》げ出《だ》すよりほかはなかった。

三日目《みつかめ》の夜《よる》には、語《かた》らって三人《さんにん》の婢《はしため》が戸口《とぐち》の前《まえ》に立《た》ち、目顔《めがお》でうなずき合《あ》って、かわるがわる隙間《すきま》から部屋《へや》の中《なか》をのぞいた。

このたびは菊麻呂《きくまろ》も志乃《しの》も、燈明皿《とうみょうざら》をあたまにのせてはいなかった。燈明皿《とうみょうざら》は、本物《ほんもの》の菊燈台《きくとうだい》の台《だい》の上《うえ》にのせられて、ほのあかるい光《ひかり》を四囲《しい》にはなっていた。そして、その光《ひかり》のようやくとどく範囲《はんい》に、男《おとこ》と女《おんな》のものであろう、からみ合《あ》った四本《よんほん》の脚《あし》が見《み》えた。いや、四本《よんほん》かと思《おも》えば三本《さんぼん》、三本《さんぼん》かと思《おも》えば二本《ほん》、そしてまた急《きゅう》に四本《よんほん》にもどったりして、男女《だんじょ》の姿態《したい》は絶《た》えまなく変化《へんか》しているようであった。それがずいぶん長《なが》くつづいた。三人《さんにん》の婢《はしため》はいまや交替《こうたい》することも忘《わす》れて、二つのあたまを寄《よ》せ合《あ》っては、一《ひと》つの隙間《すきま》に夢中《むちゅう》になって目《め》を押《お》しあてていた。やがて、ひときわ白《しろ》く冴《さ》えた女《おんな》の脚《あし》が一本《いっぽん》、空《そら》ざまに伸《の》びて、が

才三夜
菊燈台

くんとはげしく痙攣《けいれん》したかと思《おも》うと、勢《いきお》いあまって菊燈台《きくとうだい》を蹴《け》たおした。

ひっくりかえった燈明皿《とうみようざら》の火《ひ》はまず几帳《きちよう》の帳《とばり》に燃《も》えうつって、たちまちめらめらと赤《あか》い焔《ほのお》をあげた。それでも四本《よんほん》の脚《あし》は床《ゆか》に伸《の》びたまま、もはやうごこうとはしなかった。いままであれほどはげしくうごいていたのが嘘《うそ》のようであった。

火《ひ》がまわるのは思《おも》いのほかに早《はや》く、あっというまに油《あぶら》のぶちまけられた床《ゆか》は火《ひ》の海《うみ》になっていた。火《ひ》はみるみる柱《はしら》から天井《てんじよう》へ燃《も》えひろがった。三人《さんにん》の婢《はしため》はうろたえて、うしろ髪《がみ》ひかれながらも逃《に》げ出《だ》した。ぬすみ見《み》したことが知《し》られては困《こま》るからである。逃《に》げ出《だ》すとき、すでに火《ひ》の海《うみ》になった部屋《へや》の中《なか》で、こんなことばが交《かわ》されているのを三人《さんにん》の耳《みみ》がはっきり聞《き》いた。

「燃《も》えてきました。熱《あつ》くなってきました。さあ、そろそろお逃《に》げになりますか。」

「逃《に》げるにしても、このはだか身《み》では。」

ややあって、女《おんな》の声《こえ》が一段《いちだん》と高《たか》く、

「燃《も》えてもいいの。熱《あつ》くなってもいいの。わたしは火《ひ》の中《なか》が好《す》き。」

前《まえ》にも一度《いちど》、こんな女《おんな》のことばをどこかで聞《き》いたことがあるような気《き》が菊麻呂《きくまろ》にはした。しかし、それをいまさら思《おも》い出《だ》そうとするのも面倒《めんどう》くさく、この女《おんな》といっしょならば火《ひ》の中《なか》でも生《い》きていられるのではないか、海中《かいちゅう》を泳《およ》ぐように、火《ひ》の中《なか》をも泳《およ》ぐことができるのではないかという気《き》がしてきて、そのはだか身《み》を横《よこ》たえたまま、菊麻呂《きくまろ》は安《やす》

火乃中が好き

菊燈台

んじて目《め》をつぶった。

土《と》佐《さ》の伝説《でんせつ》に宇賀《うが》の長者《ちょうじゃ》というのがある。むかし土佐《とさ》の国《くに》の長浜村《ながはまむら》に、宇賀《うが》の長者《ちょうじゃ》という豪族《ごうぞく》があり、その屋敷《やしき》の豪壮《ごうそう》なことは目《め》をおどろかすばかりであった。あるとき長者《ちょうじゃ》は思《おも》いたって伊勢《いせ》参宮《さんぐう》におもむいたが、外宮《げくう》内宮《ないくう》の建物《たてもの》の意外《いがい》なほど質素《しっそ》なのを見《み》るにおよび、「お伊勢《いせ》さまというから、どんな立派《りっぱ》なものかと思《おも》ったら、なんだ、おれの家《いえ》の厩《うまや》ほどもないではないか」と悪態《あくたい》をついた。すると神罰《しんばつ》てきめん、長者《ちょうじゃ》の屋敷《やしき》は留守中《るすちゅう》に火事《かじ》をおこし、烏有《うゆう》に帰《き》してしまったという。土佐《とさ》生《うま》れの小説家《しょうせつか》田中貢太郎《たなかこうたろう》は、この伝説《でんせつ》をもとにして「宇賀《うが》の長者物語《ちょうじゃものがたり》」を書《か》いた。私《わたし》の「菊燈台《きくとうだい》」は、この田中貢太郎《たなかこうたろう》の物語《ものがたり》から骨子《こつし》を借《か》りているが、申《もう》すまでもなく原話《げんわ》を大《おお》きくはなれ、自由《じゆう》にイメージをふくらませて面目《めんもく》を一新《いっしん》している。

【あとがきにかえて】

少女コレクション序説

澁澤龍彦

「少女コレクション」という秀逸なタイトルを考え出したのは、自慢するわけではないが私である。おそらく、美しい少女ほど、コレクションの対象とするのにふさわしい存在はあるまい、と考えたからだ。蝶のように、貝殻のように、捺花《おしばな》のように、人形のように、可憐《かれん》な少女をガラス箱のなかにコレクションするのは万人の夢であろう。『白雪姫』の小人たちは、毒林檎《どくりんご》を食べさせられた白雪姫が死んでからも、まるで生きているように美しく赤い頬をしているので、これを土のなかに葬るに忍びず、透明なガラスの柩《ひつぎ》をつくらせて、その内部に姫を寝かせ、山の上に運んでいって、いつも自分たちで番をしていたというが、さすがに知恵のある小人のことだけあって、うまいことを考えたものである。おまけに、このガラスの柩には、金文字で姫の名前が書きこまれ、姫が王女の身分であることまで一目で分るような仕掛になっていたらしい。これではまるで標本ではないか。ラベルにラテン語で新種の蝶の学名を書き入れるウラジーミル・ナボコフ教授の情熱と、もしかしたら、それはぴったり重なり合うような種類の情熱だったのではあるまいか。

コレクションに対する情熱とは、いわば物体《オブジエ》に対する嗜好《しこう》であろう。生きている動物や鳥をあつめても、それは一般にコレクションとは呼ばれないのである。艶《つや》やかな毛皮や極彩色《ごくさいしき》の羽根を誇示していても、すでに体温のない冷たい物体、すなわち内部に綿をつめられ、眼窩《がんか》にガラスの目玉をはめこまれた完全な剝製《はくせい》でなければ、それらはコレクションの対象とはなり得ないのだ。同様に、昆虫でも貝殻でも、生の記憶から出来るだけ遠ざかった、乾燥した標本となって初めてコレクションの対象となる。物体愛こそ、ほとんどエロティックな情熱に似た、私たちの蒐集癖《しゅうしゅうへき》の心理学的な基盤をなすものでもあろう。

誤解を避けるために一言しておくが、私はべつに、少女の剥製、少女の標本をつくることを読者諸子に教唆煽動《きょうさせんどう》しているわけではない。それが可能ならば、この上ない浄福を私たちにもたらすことでもあろうが、いかんせん、現実世界では犯罪のみが、かかる目的を辛うじて実現し得るにすぎないのだ。そうではなくて、私がここで読者諸子の注意を喚起せんとしているのは、少女という存在そのものの本質的な客体性だったのである。なにも私たちが剥製師の真似をして、少女の体内に綿をつめ、眼窩にガラスの目玉をはめこまなくても、少女という存在自体が、つねに幾分かは物体《オブジエ》であるという点を強調したかったのである。

もちろん、現代はいわゆるウーマン・リブの時代であり、女権拡張の時代であり、知性においても体力においても、男の独占権を脅《おびやか》しかねない積極的な若いお嬢さんが、ぞくぞく世に現われてきているのは事実でもあろう。しかしそれだけに、男たちの反時代的な夢は、純粋客体としての古典的な少女のイメージをなつかしく追い求めるのである。それは男の生理の必然であって、べつだん、その男が封建的な思想の持主だからではない。神話の時代から現代にいたるまで、そのような夢は男たちにおいて普遍的であった。老ゲーテや老ユゴーの少女嗜好を云々《うんぬん》するまでもなく、サチュロスはニムフを好むものと相場がきまっているのである。シュルレアリストたちの喜ぶファンム・アンファン（子供としての女）も、ハンス・ベルメールの関節人形も、そのような男の夢想の現代における集約的表現と考えて差支えあるまい。

小鳥も、犬も、猫も、少女も、みずからは語り出さない受身の存在であればこそ、私たち男にとって限りなくエロティックなのである。女の側から主体的に発せられる言葉は、つまり女の意志による精神的コミュニケーションは、当節の流行言葉でいうならば、私たちの欲望を白けさせるものでしかないのだ。リビドーは本質的に男性のものであり、性欲は男だけの一方通行だと主張したのは、スペインの内分泌学の大家グレゴリオ・マラニョンであるが、そこまで極論しなくても、女の主体性を女の存在そのもののなかに封じこめ、女のあらゆる言葉を奪い去り、女を一個の物体に近づかしめれば近づかしめるほど、ますます男のリビドーが蒼《あお》白《じろ》く活潑《かつぱつ》に燃えあがるというメカニズムは、たぶん、男の性欲の本質的なフェティシスト的、オナニスト的傾向を証明するものにほかなるまい。そして、そのような男の性欲の本質的な傾向にもっとも都合よく応《こた》えるのが、そもそも少女という存在だったのである。なぜかと申せば、前にも述べた通り、少女は一般に社会的にも性的にも無知であり、無垢《むく》であり、小鳥や犬のように、主体的には語り出さない純粋客体、玩弄物《がんろうぶつ》的な存在をシンボライズしているからだ。

当然のことながら、そのような完全なファンム・オブジェ（客体としての女）は、厳密にいうならば男の観念のなかにしか存在し得ないであろう。そもそも男の性欲が観念的なのであるから、欲望する男の精神が表象する女も、観念的たらざるを得ないのは明らかなのだ。要は、その表象された女のイメージと、実在の少女とを、想像力の世界で、どこまで近接させ得るかの問題であろう。女が一個のエロティックなオブジェと化するであろうような、生物学的進化の夢想によって、ベルメールが苦心の末に完成した人形も、つまるところ、こうした観念と実存とを一致させる一つの試みと見なすことができるかもしれない。

次に、私の好みにしたがって、少女に関係のあるいくつかの重要なテーマを抜き出し、少女コレクションの内容にふさわしく、これに簡単なコメントを付してみたいと思う。

「眠れる森の美女」

少女が父親に対するリビドー的固着、すなわちエレクトラ・コンプレックスをもちながら、陰核による自慰の誘惑を断念し、やがて彼女に膣の快感を教えにくる若者を待つまでの、待機のための長い長い眠りの期間を、好んで童話の女主人公の名前を借りて表現したのは、女流精神分析学者のマリー・ボナパルト女史であった。

「真の女になるべく予定された少女は、一般に最終的な快楽、膣オルガスムを得るのに成功するより以前に、陰核による自慰を放棄し、それまでの不十分な快楽をわずかな思い出としたまま、潜伏期間に入らねばならない。かくて、母親の男根的な紡錘竿《つむざお》で手を傷つけた『眠れる森の美女』のように、自慰の罪を負ったその手のために、少女の既成のリビドー組織は眠りにおちいり、やがて夫が処女膜の森の茨《いばら》を分けてやってくるまで、その眠りから覚めることがないのである。私たちの家庭における少女の理想的な発達とは、このようなものであろう。」（『女性の性的素質』）

「眠れる森の美女」とは、女のエロティシズムがクリトリス系統から膣系統に移行するまでの、曖昧《あいまい》な潜伏期間に生きている少女のことである。男の子と違って少女の場合、性のドラマはきわめて複雑で、たとえば少女が去勢コンプレックスに対する反動として、女であることを拒否し、ペニス羨望《せんぼう》をいよいよ強固にし、父親と同化したがるならば、彼女はいつまでもクリトリス段階にとどまることになる。つまり「眠れる森の美女」の眠りが、不幸にしていつまでも覚めないわけだ。ノーマン・メイラーに嚙みついたウーマン・リブの闘士たちも、このような段階にとどまっている無邪気な女たちであるかもしれない。「少女コレクション」の愛好家にとって、「眠れる森の美女」はもとより魅惑の対象であるにはちがいないが、しかし一方、あまりに長く眠りすぎた美女は、残念ながら、すでにコレクションに加えるべきオブジェたる資格に欠けるものと断定せざるを得ないであろう。

「塔に閉じこめられた姫君」

マリー・ボナパルト女史がおもしろいことをいっている。

「卵子から恋人まで、女性であることの役割の一切は、待つことにほかならない」と。膣はペニスを待ち、卵子は精虫を待ち、「眠れる森の美女」は王子の到来を待っている。いや、「眠れる森の美女」ばかりでなく、シンデレラも、「驢馬《ろば》の皮」も、白雪姫も、すべて童話の女主人公は忍耐強く王子の到来を待っていなければならない。同じ年ごろの男の子が、冒険を求めて世界を遍歴したり、怪物や巨人を相手に闘ったりしているのに、こちらは、暗い城や塔や洞窟の中に押しこめられ、閉じこめられて、死んだような深い眠りにとらわれつつ、ただひたすら待っているのである。

この待っている状態が、童話のなかでしばしば「塔に閉じこめられた姫君」の美しいイメージによって表現されているのは、読者も周知であろう。グリムの「ラプンツェル」の塔が、そのもっとも典型的な例だ。元来、破瓜期《はかき》の少女を小屋に閉じこめて、一定期間、共同体から隔離するという習慣は、どこの民族のあいだにも認められた一種の通過儀礼であり、この儀礼の深い意味は、近親姦への自然的欲求から少女を遠ざけて、少女のクリトリス段階を克服せしめることにあったといわれている。塔のイメージは、この隔離のための小屋を童話風に潤色《じゅんしょく》したものにほかなるまい。「眠れる森の美女」も、高い塔の上で百年の眠りに落ちるのである。

童話だけでなく、キリスト教の聖女伝説にも、この「塔に閉じこめられた姫君」

のテーマが見つかるのは興味ぶかい。ファン・アイクの名高いデッサン「聖バルバラ」（一四三七年）は、巨大なゴシックの塔を背にして端然とすわっている聖女を描いたものだ。伝説によると、彼女はヘリオポリスの富豪の家に生まれたが、娘の結婚を許さない嫉妬ぶかい父親のため、高い塔の内部に幽閉された。孤独のなかで、やがてキリスト教に改宗した彼女は、ある日、父の不在中、それまで二つしか窓のなかった塔の壁に、職人に命じて三つ目の窓を穿《うが》たせた。魂は三つの窓、すなわち聖なる三位《さんみ》一体《いったい》によって光明を受けねばならないからである。これを聞いて激怒した異教徒の父親は、みずから娘の首を刎《は》ねたという。――この伝説では、エロティシズムが宗教によって語られているところが出色であろう。すなわち、娘がクリトリス段階を克服することを喜ばない反社会的な父親は、キリスト教によって象徴された膣系統のエロティシズムに、娘が親しみ出したことに怒りを発したのである。それにしても、三つ目の窓とは、ずいぶん露骨なアナロジーではなかろうか。

水妖メルジーネ、ウンディーネ

ルネサンス・バロック期の汎神論《はんしんろん》的自然哲学からドイツ・ロマン派を通過して、現代のシュルレアリスムにまでいたる北方的心情の系譜に、水の妖精として表わされた美女を崇拝《すうはい》する伝統がある。パラケルススの『妖精の書』、フーケの『ウンディーネ』、ゲーテの『新メルジーネ』、ハウプトマンの『沈鐘』、アンデルセンの『人魚姫』、さらに現代のアンドレ・ブルトンの『ナジャ』などを思い起すならば、読者はおよその概念を得ることであろう。水のなかに棲《す》む魚の下半身をした妖精は、男を迷わせる危険な要素のある、古代異教の処女神か、あるいはヘブライ神話のリリトの変形したすがたでもあろうか。いずれにせよ、処女の冷たい面が、ここでは明らかに水によって象徴されているのである。スイス生まれの幻想画家フュスリの作品に、「キューレボルン（「冷たい泉」の意）がウンディーネを漁師のところへ連れてくる」という題のものがあることも、ここで忘れずに指摘しておこう。

処女神ディアナ、ダフネ、ジャンヌ・ダルク

ギリシア・ローマ神話では、処女神は月の女神ディアナであるが、彼女には冷たい生娘《きむすめ》の性格と、破壊を好む戦闘的な、はげしい女の性格とが二つながら認められる。うら若い処女の身でありながら、世のつねの少女のように、糸をつむいだり織ったりするのを好まず、髪を白い紐《ひも》で束ね、弓矢を手にして山野を駈《か》けまわり、もっぱら狩猟に日を送る。つまり、彼女は男になりたいのだ。精神分析学では、そこで少女のペニス羨望をディアナ・コンプレックスと称することがある。アポロの求愛をきらって逃げまわり、ついにゼウスによって月桂樹に変えられた若いニムフ、ダフネのコンプレックスもまた、性愛一般を嫌悪ないし恐怖する若い娘の感情をあらわすものとして、精神分析学で登録済みの用語となっている。

ディアナのような戦闘的な処女のイメージは、単に神話の世界のみならず、世界各地の伝説や歴史のなかにも、さまざまに形を変えて生きている。白鳥の翼をした少女のすがたで表現される、北欧神話のヴァルキュリーも、戦闘好きな女神であり、一種の処女神であろう。さらに歴史上の例を求めるならば、オルレアンの処女ジャンヌ・ダルクがあり、フランス革命期におけるカーンの処女シャルロット・コルデーがある。ジャンヌは敗れてイギリス軍に捕えられるや、宗教裁判にかけられ、魔女として焼き殺された。コルデーもまた、血に酔った民衆の罵声《ばせい》を浴びながら、ギロチンにかけられて首を刎ねられた。一般に、処女は危険な力を有すると信じられていたのであり、さればこそ、戦闘においても、これが相手方を慴伏《しようふく》せしめる原因となり得たのだった。月経の血や初夜の処女膜の出血に、男性の精力を破壊する、不吉な効力を認める昔ながらの信仰も、これと同じ考え方に由来するものであろう。古代人は処女に対して畏怖の念をいだいていたのであり、この感情は潜在意識として、おそらく、フランス革命期にまで生きていたのである。いや、もしかしたら現代にだって、こうした信仰の隠微《いんび》な名残りは認められるかもしれない。

ロリータ、ニンフェット

『ロリータ・コンプレックス』の著者ラッセル・トレイナーによると、「ロリータが形成されるのは、さまざまな無意識の願望や衝動、すなわち父親固着コンプレックス、去勢願望、ペニス羨望、強姦願望などによって」である。これでは精神分析学の模範的答案を見るようで、いささか味気ない思いがしないこともない。しかしロリータ現象なるものは、私見によれば、視点を少女の願望の側に置いて眺めるよりも、むしろ視点をハンバート、いや、ナボコフ自身の側に置いて眺めるべき問題ではなかろうか。珍種の蝶を採集でもするように、純粋な観念の世界で少女のイメージを執拗に追い求めるナボコフのすがたに、私たちは否応なく感動させられるのである。ドニ・ド・ルージュモンが指摘したように、トリスタンの愛の神話からもっとも遠い、邪悪な観念の淫蕩《いんとう》にふけっている著者の立場は、おそろしいほど孤独なのである。マラニョンではないが、これこそ男の性欲の「一方通行」の極致であろう。

エドガー・ポーの女、死美人

私がただちに想起するのは、ユイスマンスの次のような評言である。「ポーの女主人公たちは、モレラにせよ、リジイアにせよ、いずれもドイツ哲学の濃霧と古代オリエントのカバラの神秘のなかで鍛《きた》えられた、該博《がいはく》な学識の所有者であり、いずれも少年のような天使のような中性の胸をもち、いわば、いずれも性《セックス》がないのである。」「ポーにおいては、その恋愛は純潔で天使のようで、感覚は少しもそこに介入せず、しっかり立った孤独な頭脳は決して官能と相呼応することがない。もしそこに官能があったにせよ、それは永遠に凍結した、処女のままの官能である。」（『さかしま』）

ディアナの月は処女性の象徴であると同時に、また冷感症の象徴でもある。処女崇拝が冷感症崇拝にむすびつき、さらに極端に走ってネクロフィリア（屍体愛好）に到達するのも、あくまで不可能を求めるエロティシズムの論理からすれば、べつに不思議はなかろう。ポーのネクロフィリアの幻影のなかに次々に浮かびあがってくる女たちの顔には、きまって、幼くして死んだ処女妻ヴァージニアの顔と、さらに母の顔とが二重写しになっていた。実際、ポーほど、生涯をかけて「少女コレクション」に熱中した精神はまれなのではなかろうか。しかも、彼は愛する少女を作品のなかで次々に死なせるのであるから、いやが上にも、そのコレクションは完璧となる。ポーのえらぶ花嫁は、いずれも屍蠟《しろう》のように蒼白《そうはく》な顔色をしていて（作品の世界においても、実人生においても）、必ず病気にかかっており、彼がもっとも彼女を愛するのは、彼女に死の近づいた時なのである。死の徴候があらわれなければ、彼の愛は完成しないのだ。

ピュグマリオン、人形愛

ロマンティックな冷感症崇拝は、十九世紀の産業革命とともに、人工性と技巧を尊重する機械崇拝にも道をひらいたように思われる。そのころ、リラダンの『未来のイヴ』が誕生したのも偶然ではあるまい。自動人形は女以上の女、自然の女よりもはるかにすぐれた性能を示す、エロティックな人工の女なのである。二十世紀のシュルレアリストたちが、エルンストもダリもマッソンも、競ってマネキン人形の製作に熱中しているのは、この意味からも興味ぶかいものがあろう。すでに古代ギリシアの神話にも、みずから製作した象牙《ぞうげ》の人形に恋をするピュグマリオンの物語がある通り、この人形愛は、もちろん産業革命以前にも存在していた。私はかつて、これを父親の娘に対する近親姦コンプレックスの変形した一つの現われとして眺める立場から、「デカルト・コンプレックス」というネオロジスムによって呼んだことがある。コギトの哲学者の娘に関する逸話については、何度も書いたことがあるから、ここではふたたび繰り返すまい。

女を一個の物体《オブジエ》に出来るだけ近づかしめようとする「少女コレクション」のイマジネールな錬金術は、かくて、窮極の人形愛にいたって行きどまりになる。ここには、すでに厳密な意味で対象物はないのだ。ポーのように、死んだ者しか愛することのできない者、想像世界においてしか愛の焔《ほのお》を燃やそうとしない者は、現実には愛の対象を必要とせず、対象の幻影だけで事足りるのである。幻影とは、すなわち人形である。人形とは、すなわち私の娘である。人形によって、私の不毛の愛は一つのオリエンテーションを見出し、私は架空の父親に自分を擬《ぎ》することが可能となるわけだが、この父親には、申すまでもなく、社会の禁止の一切が解除されているのである。まさにフロイトがホフマンの『砂男』の卓抜な分析によって証明したように、人形を愛する者と人形とは同一なのであり、人形愛の情熱は自己愛だったのである。

【山口晃をめぐって】

国民的画家のもう一つの天才

三潴末雄

日本の現代アートシーンの中で、現代美術家として、まれにみる国民的人気作家といっても過言ではない山口晃は、二〇一一年十二月、作家・五木寛之氏の新聞連載小説『親鸞 激動篇』の一年間におよぶ挿絵を毎日描きつづけるという、二度目の長期戦を終えたばかりである。

山口晃の挿絵世界の才能が開眼する契機は、平凡社の澁澤龍彥「ホラー・ドラコニア 少女小説集成」であり、責任編集者の高丘卓氏の働きかけによるものだった。第一巻は、澁澤龍彥訳のマルキ・ド・サド『ジェローム神父』で、表紙や挿絵は会田誠が担当したが、会田は既存の自分の作品のイメージを援用した（詳細は『ジェローム神父』巻末、筆者の【会田誠をめぐって】を参照いただきたい）。

第二巻目は澁澤龍彥の『菊燈台』だった。この挿絵を山口晃に「書き下ろしで」、と注文してきたのが、高丘さんだったのである。やりがいのある嬉しい依頼であったが、それまでの山口晃は遅筆で有名だったために、出版のスケジュールに間にあうかどうか心配になり、引き受けるのを躊躇《ちゅうちょ》したものだ。

山口晃は、一九九七年「こたつ派」のグループ展で、ミヅマアートギャラリーからデビューした。以後、一九九八年「イスのある風景」、一九九九年「借景」、二〇〇〇年「無題」、二〇〇一年「書を描く歓び」、二〇〇三年「山口晃展」、二〇〇四年「売らん哉」と、毎年のようにミヅマアートギャラリーで個展を開催した。

一つの展覧会が終了して次の展覧会までの期間、山口晃は伸吟《しんぎん》する。作品の閃《ひらめ》きが降りてくるまで、脳みそをしぼり、頭蓋骨の裏側をカリカリ引っかくように、身の細る思いをして悩み苦しむ。これを半年は続け、その後の半年をかけて作品を制作する。しかしながら展覧会当日の朝まで終了していない作品もたびたびあった。展覧会の期間中に加筆をするのが常態化していたのだ。このようなことが毎年繰り返されていたので、山口晃は〝遅筆作家〟だとすっかり思い込んでいた。

こうした作家に挿絵制作の話が舞い込んできたのだ。しかも納品スケジュールがきっちりと設定されている。締め切りを守れるのだろうかと心配したものだ。なにしろ三か月間で、二十一枚のカラーの挿絵を完成しなければならないのだ。ギャラリーの山口晃担当のF嬢は、私の方を見ながらひと言、「無理ですね！」と冷たく突き離す始末だった。

大げさな表現ではあるが、この心配は全くの「杞憂《きゆう》」にすぎなかった。すでに手元でご覧になっているように、澁澤ワールドにシンクロした凄い挿絵を、さらりと山口晃は描き上げたのだ。しかもスケジュール通りに。

挿絵が完成したとの知らせを受けて、わたしは、高丘さんや日本美術史家で明治学院大学の山下裕二教授（この集成に挟み込まれた月報で、解説原稿を担当していた）と同行して、山口晃の東京台東区谷中の四畳半の制作部屋を訪ねた。今や日本当代一の挿絵画の天才といっても過言ではない、山口晃の初めての挿画を、狭い部屋の中、三人で興奮して見たのだ。そのあたりのことを、山下教授は月報にこう書いた。

「三畳の画室で完成した原画を乱雑に繰りながら、ほんとうに驚いてしまった。たとえば、『おかたさまとガータロ』の場面（本文二〇～二一ページ）。この『菊燈台』で狂言回しのような役割を与えられている『半助』が、自分の腕が落とされた経緯を回想するシーンである。画面の右上、『おかたさま』と『稚児』は、まずは澁澤がイメージした、あるいはそれを山口晃が忠実に再現しようとした中世風の装束で描かれる。ここまでは普通の『挿絵』。

だが、画面の大部分を占める、『おかたさま』が『稚児』の腕をねじりあげている場面、この女性は黒い、ボディ・コンシャスな洋服を着て、おまけに編みタイツをはいているではないか！

他にも、舞台装置にあたるような風景に、自動販売機や原子力発電所が描き込まれていたり……」

『菊燈台』に描かれた挿絵には、山口晃が初めて描く女性たちが登場する。しかも裸あり、また転生譚を下敷きにした変成男子を囲んでの秘め事までを、丁寧《ていねい》に、しかも驚くべき精緻《せいち》さで描いていたのである。そこには乾いたエロティシズムがキリッと描かれていた。

その後、興奮冷めやらぬお二方を伴って、山口晃が贔屓《ひいき》にしている根津の蕎麦屋で旨《うま》い酒をしたたかに飲んだのが、つい昨日のことのように思い出されるが、もうかれこれ九年前の話なのだ。

ところで日本文学においては、『源氏物語絵巻』に見られるように、文学作品を視覚化した絵画が数多く制作されてきた。一方、西洋ではイメージ（絵）と言葉は、違う世界に属するものとして、ルネッサンス以降は切り離されてきたのである。そのため、絵画の画面に文字や文章が書き込まれることはきわめて稀だった。日本や中国では、「書画」と呼ぶように、書と画は同じ仲間と見なされてきたこととは対象的だ。

西欧では、絵画は絵画以外のものであってはいけないという考えが、近代に確立され、日本のような挿絵のジャンルは発展しなかった。ミシェル・フーコーは、たしか「ルネ・マグリット論」の中で、一五世紀から二〇世紀に至るまで、西欧絵画には二つの原理が支配していたと論じている。すなわち、「造形的な表現と言語的指示」は一つの絵画の中では両立せず、分離されてきたのだ。西欧では絵と文字が同居する世界の存在は、否定されてきたのである。もちろん、西欧にも中世の壁画や祭壇画のように、画像と文字との共存の歴史はあった。しかしながら、絵画は絵画以外のものであってはならないとする、西欧の原理的な発想では、小説の中の挿絵は発展しなかったのである。

自分の展覧会の作品制作には、イメージが現出されるまでに相当な時間を要する山口晃ではあったが、小説の挿絵を依頼されて、新たな才能を開花させたようである。小説の要点を的確に読み取る力と、そこから得られたイメージを自在に描く才能が合致して、余人がおよびもつかない挿絵の世界を、山口晃は現出させた。澁澤龍彥の小説『菊燈台』での挿絵制作の機会を得られたことは、山口晃にとって、記念碑的な出発点となったのである。

（みづま すえお＝ミヅマアートギャラリー・エグゼクティブディレクター）

【解題】

澁澤龍彥航海記

――ホログラム装置

高丘卓

一九七八年早春、澁澤龍彦は琵琶湖を越え若狭《わかさ》・小浜《おばま》の遠敷川《おにゅうがわ》沿いにある神宮《じんぐう》寺、さらにそのすこし上流の鵜《う》の瀬《せ》の淵《ふち》へと足を運んだ。奈良東大寺の修二会《しゅにえ》、すなわち二月堂の水と火の行法「お水取り」に深い関心をよせてのことである。
お水取りは、まず神宮寺の閼伽《あか》井戸から汲みだされた水（香水《こうずい》）を鵜の瀬に流す「お水送り」の神事にはじまる。鵜の瀬と奈良は、じつはカナート（地下水路）でつながっていて、ここから流された水が二月堂の若狭井《わかさのい》に湧き出るという伝説があるのだ。伊藤義教氏によれば、遠敷の地名はイランの女神アナーヒードに由来すると思われ、観音と関係の深い修二会の行法は、どうやらゾロアスター教の密儀と同根らしいのである。またアナーヒードは遠くギリシャのアナイティス、リディアのアルテミスと同じ大地母神へとたどりつく。

一種の神話行ともいえるこの旅の感動を、澁澤龍彦は「水と火の行法」というエッセイにのこしている。

「私は鵜の瀬の谷川のほとりに立って、巨岩の下の青い淵を見つめながら、一瞬、ここが単に奈良の若狭井に通じているのみならず、また中東からギリシャにまで通じているかのような、ひろびろとしたパースペクティブのある幻想にとらわれたものであった。水の面に黄色い山吹の花びらがたくさん散り浮いているのも、この私の女神と洞窟の幻想を掻《か》き立てるのに大いに役立っていたようである。」

水と火による転生譚『菊燈台』（一九八五年「新潮」に発表）の構想が、このとき湧出したことは、わたしには、ほぼまちがいないように思える。

『菊燈台』の物語全体が脈動しはじめるのは、記憶を喪失した菊麻呂が記憶の闇を遡《さかのぼ》るところからである。それは眠りから覚めて思い出そうとしても思い出せない夢のようでもあった。小浜での人魚との逢瀬《おうせ》。海中に没するさい聴こえた「水の中が好き」という人魚の声。人買いの罵声《ばせい》。それ以上はどうしても思い出せない。菊麻呂はまるで「お水送り」でカナートをくぐって来たかのように、瀬戸内に出現し塩汲み（お水取り）の苦役についているのだ。しかも顔にはうそふき（ひょっとこ＝火男）の面をかぶらされていて、物語の秘められた密儀を予告するかのような気配がただよう。

菊麻呂の夢の回想に先だち、菊麻呂同様に誘拐され、下人として長者に使役される男、半助の片腕喪失史が回想される。ところがこの記憶の断片は、いつの間にか半助の回想ではなく、夢のなかの夢のようにガータロ（河太郎＝カッパ）の片腕喪失の記憶、夢ちがいとして回想されてしまうのだ。しかもガータロと半助の奇妙な意識の同調には、腕をもぎ取られながらも、おかたさまの放尿につつまれるという、幸福な交換が準備されている。

この倒錯的な夢は、じつはおかたさまを介在した志乃への、菊麻呂からの求愛であったことが暗示されている。すなわち澁澤龍彦の『菊燈台』という夢のなかの半助＝ガータロの夢は、数百年後、「片腕」で川端康成が見ることになる夢の予知夢、少女の右腕を借りて一夜添い寝する、去勢コンプレックスの夢の逆転写だったからである。

このどうどう巡りの既視感は、自分が死んだことに気づかないまま、意識のなかで現実に介入しようとする死者の夢を描いた、M・ナイト・シャマランの「シックス・センス」に構造的に共通するものだ。とどのつまり、ガータロも半助も、おかたさまの夢も、川端康成の夢によってコントロールされた存在だったことになる。そして、その夢はまた、この物語のほんとうの主人公である志乃の、夢のカナートをくぐって投影された、記憶喪失の夢であるという、一種のパラレルリールドのような構造になっているのである。

のちのエピソードで、志乃は龍女の現人《うつしおみ》であることが劇的に、威厳をもって明かされるが、龍女は弁財天であり、弁財天はすなわちアナーヒードの転生であることを忘れてはならない。

澁澤龍彦のエッセイ「童子について」（『ドラコニア綺譚集』）のなかに、大船常楽寺の禅師・大徳に嫉妬した江ノ島弁財天が、禅師に使役する美少年の乙護童子《おとごどうじ》を少女に変身させ、禅師の評判を貶《おと》しめようとするエピソードがあるが、このエピソードから、志乃の夢は、すなわち江ノ島弁財天の、少女心理を投影した夢だったことが判明する。

ところで、この耳なれない〈菊燈台〉とは、どんな燈台かといえば、記憶喪失の磁場に吸いとられた夢を、あたかも分子変換させ、また別のいくつもの夢へと生成させる、ホログラム装置のようなのである。菊燈台にされた菊麻呂（乙護童子）も、志乃も、長者（禅師）のだれもが、水と火の夢のかたわれであり、すべての存在が、夢の主体者に使役する無数の護法童子（の幻影）として映しだされる。

物語の主題は、志乃（弁財天）の変成男子《へんじょうなんし》としての菩薩への転生であり、小説は水と火の密儀の目撃譚となっている。志乃の人魚時代の菊麻呂喪失によって着火した夢は、長者からの菊麻呂奪還によっても終息しない。志乃は菩薩道の最後の試練をくぐらねばならないからである。その旅のはじまりが山吹の夢である。法華経提婆達多《ダイバダッタ》品《ほん》をこよなく愛した泉鏡花の夢への介入である。

志乃は陶然として「菊燈台。ああ、なんという美しくも間然するところのない調度であろうか」と溜息をつくと、狂った獣のように人形燈台となった菊麻呂を鞭打つ。鏡花は戯曲「山吹」で画家と駆け落ちした小糸川子爵夫人に、老人形使(弘法大師の転霊とおもわれる)を縄でこっぴどく打たせる。その後、子爵夫人は老人形使に手をとられ異界(山)へと昇ってゆく。志乃の行為は、この転生のイニシエーションの夢の断片である。

志乃の試練はつづく。志乃が男になるためにはペニスが必要である。そこで志乃は菊麻呂に女になった夢を見させる。「志乃の部屋からもれてくる、時ならぬけたたましい笑い声や、しのびのすすり泣きに耳そばだてる」という家人の目撃証言がそれだ。これは澁澤龍彥が日本のサフィスム文学の傑作と絶賛した、十三世紀の擬古物語『我が身にたどる姫君』巻六で、右大将にのぞき見された前斎宮と女房の小宰相の濃密な性的戯れの記憶との、シンクロニシティーになっている。

「どういうわけか、泣き声を立てたり、はなをかんだりもする。つらく悲しい事でもあるのかと思ってみていると、たちまち我慢できなくなったように笑い出す」（『我が身にたどる姫君』）。

だがそれでも菊麻呂はまだペニスを手放さない。「泣いたり笑ったり、いそがしいことじゃ」と右大将の夢に侵入されてしまう。志乃はいよいよ菩薩道のしめくくりを決意する。火による浄化の密儀、ペニスの奪還である。

最後の夜、菊麻呂はふたたび女になった夢のなかで恍惚とする。菊麻呂にとってその夢は、女としての自覚に満ちたものだったかもしれない。いや、あるいはガータロの予知夢、おかたさまの温かいオシッコを浴びて恍惚《こうこつ》としているうちに引き抜かれるペニス（片腕）の夢だったかもしれない。志乃はその夢を、志乃の転生を見届ける姉《はしため》たちに転写する。

「からみ合った四本の脚が見えた。いや、四本かと思えば三本、三本かと思えば二本、そしてまた急に四本にもどったりして、男女の姿態は絶えまなく変化しているようであった」。

婢たちには菊麻呂はまだ男に見えていたかもしれない。けれどもこれが、志乃がペニスを獲得し観音へと転生するたしかな瞬間であったことを、すでに澁澤龍彦は、ベルメールによって写し撮られた写真「相互手淫の十字架」を提示し証言している。

「からみ合った二人の女の四本の脚が、みだらな涜神的な十字架を形づくるアイディアによって撮られたものだろう」(「写真家ベルメール——序にかえて」)と。

志乃はたしかに念願のペニスを手に入れたのである。その瞬間を澁澤龍彦は見事なレトリックによって表現する。

「ひときわ白く冴えた女の脚が一本、空ざまに伸びて、がくんとはげしく痙攣したかと思うと、勢いあまって菊燈台を蹴たおした」。

屋敷に火がまわる。火の海になった部屋で、菊麻呂は遠いむかしどこかで聞いたような声を耳にする。

「わたしは火の中が好き」——志乃が観音へと転生をとげたとき、ひょっとすれば菊麻呂は、おかたさまのオシッコを浴びている夢のなかにいたのかもしれない……。

*

『菊燈台』に代表される後期の澁澤作品の特質は、意識の垣根を越境しようとするモティーフと矛盾にある。「文字食う虫について」(『ドラコニア綺譚集』)のなかで、作家は未生の自作の作品構造について、予知夢のように解説する。覚念入道のエピソードである。

覚念は法華経のなかの三行をどうしても暗誦できない。悩んだ覚念は三宝に祈念加護を求める。すると夢のなかに高僧が現われ、おまえがなぜそこが暗誦できないかといえば、おまえは前世に衣魚《しみ》であってそのとき法華経の三行を食ってしまったからだと告げるのである。

すなわち①過去（前世）＝衣魚＝経文を食う（知る）②現在（現世）＝僧＝経文を忘れる③夢＝僧＋衣魚＝経文を思い出す。つまり、

「失われた記憶をふたたび取りもどさせるのは夢であるが、夢はあくまで夢であって、夢のなかの可能事を覚醒時の日常的世界にまで延長させることはできない。夢のなかで奇蹟的に復活した前世は、夢が消えるとともにあえなく消えてしまうのだ。私がパラドックスというのは、このように相互のあいだで矛盾した、前世と現世と夢という三つの位相の関係のことである」。

そして夢の世界でだけは、もしかしたら二つのことが同時に満足されるのかもしれない。そうだとすれば夢のなかには「なにか異様な存在が生きているということになるであろう」としめくくる。

夢のなかに「異様な存在が生きている」とする作家の妄想は、現代の量子宇宙論では、単なる妄想ではなく、エンティティーをともなった妄想であることが証明されつつある。量子宇宙論によれば、夢もまた、実在の現実の一つのようなのである。ちなみに澁澤作品の幻想の源である、他者の意識（夢）への同調、介入、転移（転写）という構造を映像化すれば、さきにふれたシャマランの「シックス・センス」や、女優志望の二人の若い女の死をめぐる夢ちがいを描いた、デビット・リンチ監督の「マルホランド・ドライブ」が生じることになるのである。

悪循環からの脱出は可能なのだろうか。その越境やジャンプを、仏教では悟り

〈死〉というのだろうが、「それは物語の運動停止でもある」と澁澤龍彥は懐疑する。思うに、心の闇、記憶の闇に触手をのばし、脳の海馬の底の、深い深い闇に眠る、遠い遠い記憶に、あたかもじかに手を触れるかのような、数多の奇譚を創出した澁澤龍彥の創作態度は、じつはこのような過去・現在・夢をめぐる悪循環構造からの、現実的〈量子宇宙論的〉な脱出〈死者との交流〉をこころみていたのではなかろうか。

晩年の澁澤龍彥が、文学の可能性をＳＦに見いだしていたことは、わたしには極めて暗示的な遺言であるように思えてならない。

〈たかおか たかし＝エディター＆ライター〉

【著者プロフィール】

澁澤龍彦

しぶさわ たつひこ

1928(昭和3)年、東京生まれ。東京大学文学部仏文科卒業。

サドをはじめとするヨーロッパ暗黒・異端文学研究の第一人者。

政治の季節といわれた60年代に、『神聖受胎』『毒薬の手帖』『夢の宇宙誌』などの著作で、
文学・芸術の視点から脱マルクス的思想を送り出し、文壇の左翼的土壌に激震を起こす。

59年に翻訳したサドの『悪徳の栄え』が猥褻書とされ発禁処分(60年)となる。

当時の作家・文化人を巻きこむ「サド裁判」が起きるが、
69年、最高裁で有罪判決が確定する。

その後もシュルレアリスム、オカルティズム、エロティシズムなどに関するエッセイや、
西欧古代・中世を中心にした斬新な美術・文学評論をつぎつぎと発表、
三島由紀夫など同時代の作家に強烈な刺戟と影響をあたえた。

80年代以降は日本の古典によった独自の幻想文学世界を確立、

『唐草物語』(泉鏡花文学賞)、『うつろ舟』、『高丘親王航海記』(読売文学賞)などの傑作を生む。

1987年、咽頭ガンで急逝。

手術後の病室での体験譚『都心ノ病院ニテ幻覚ヲ見タルコト』が遺作となった。

小社での著作に『フローラ逍遙』(平凡社ライブラリー)がある。

平凡社ライブラリー　757
ホラー・ドラコニア　少女小説集成
菊燈台《きくとうだい》

発行日…………2012年2月10日　初版第1刷

著者……………澁澤龍彥
画………………山口 晃
責任編集………高丘 卓
発行者…………石川順一
発行所…………株式会社平凡社
〒112-0001　東京都文京区白山2-29-4
電話　東京(03)3818-0742[編集]
東京(03)3818-0874[営業]
振替　00180-0-29639

印刷……………株式会社東京印書館
製本……………大口製本印刷株式会社
装幀……………鈴木成一デザイン室＋中垣信夫

ISBN978-4-582-76757-5
NDC 分類番号913.6
B6変型判（16.0cm）　総ページ144

平凡社ホームページ　http://www.heibonsha.co.jp/
落丁・乱丁本のお取り替えは小社読者サービス係まで
直接お送りください（送料、小社負担）。